我的感情名單。

水瓶鯨魚
長篇愛情小說

你和我之間，只有六個人的距離……

知名部落客
看水瓶鯨魚新書《我的感情名單》

FACEBOOK LOVE STORIES 2010

編按：在一次新書會議中，當書名《我的感情名單》確定之後，有人提到了正在網路上盛傳的「六度空間定律」，簡單的說就是你和他還有她之間可能只存在六個人的距離……大家對這個理論紛紛嘩然討論，於是衍生出由女王還有草莓圖騰來回答關於「我的感情名單」並連結這次水瓶鯨魚的新書主題。

女王

Q：請問你會好奇現在交往的男朋友過去的感情名單嗎？如果會，爲什麼？如果不會，爲什麼？

A：我不會想知道交往男友的感情名單，人都有過去，知道也是徒增困擾，重點是現在和未來。而且，誰又會誠實的說出眞實和正確的感情名單呢？

關於女王：女王在個人部落格寫作多年，犀利又感性的筆調，寫出許多都會男女愛情故事及新時代女性觀點，深受廣大網友的熱情支持，一針見血的筆調和令人拍案叫絕的兩性觀點，被譽為台灣版的《慾望城市》。至今擁有超過四千多萬點閱率！

草莓圖騰

Q：請問你會好奇現在交往的男朋友過去的感情名單嗎？如果會，爲什麼？如果不會，爲什麼？

A：不會。事實是，從來不會。誰沒有過去？在認識我之前他的人生跟我一點關係也沒有啊。

Q：請問你對你的男朋友會坦白說出過去的感情名單嗎？爲什麼？

A：噗哧，**again**，從來不會。同上，不關他的事情。而且身邊的人的經驗告訴我，坦白才不會從寬，會給人家吵架的把柄。

Q：請問當你知道了男朋友的感情名單，你覺得會有什麼後遺症？

A：我本人知道了伴侶的感情名單是沒什麼後遺症，因爲都不認識嘛，不過萬一你的情人曾經跟你很討厭或是你很崇拜的對象交往，難保不會覺得怪怪的啊。

Q：如果有一天當你發現你的好朋友，也在你男朋友的感情名單中，你怎麼辦？

A：很難如此後知後覺吧？不過也不會怎麼辦，要看他在我前面還是後面，在我之前，那眞是抱歉，我不知道，希望他莫要介意。在我之後，如果我跟情人還是交往中，那慘了，情人跟朋友劈腿啊？同一時間兩個一起扔掉啊。

Q：截至目前爲止，你願意透露你的感情名單的數字嗎？

A：以前沒有，現在不會，將來也不願意。**I don't kiss and tell**。

關於草莓圖騰：

成年女人。老法的愛妻，四個小孩的媽媽。（哈，騙你的，還是三個，看你注意力有無集中而已。）

略識之無，不算知識份子。兼營家庭手工業，寫字當說書人。

討厭鄉愿。對每個人都溫柔，等於對自己愛惜的人冷淡。

心臟很強。情願聽毫無修飾的實話，也不喜歡糖衣包裝過的客氣說法。

寫過幾本書：《那簡直不能叫做愛》、《草莓的青春圖騰》、《我不是好女生》、《午夜廚房》、《一輩子的戀愛》。

FACEBOOK LOVE STORIES
2010

太過渴望愛情的心……

貝莉讀水瓶鯨魚《我的感情名單》

每個悲傷故事都有完美結局，端看你有沒有那堅定的信仰，去相信。

《我的感情名單》裡綿密的感情糾葛，一度讓我不願也不想去檢視自己的內心世界。特別人總是蓄意善忘，或在眞心愛上另個人時，會捨棄過去的痛，再次勇敢去愛。《東京愛情故事》裡的莉香曾說：「我只是需要八人份的愛。」我想很多女人，有這樣的渴望——愛怎樣都不夠的，不管多麼拚命忍耐，只是冀望對方能專注的愛我們。

或許你會覺得，生命怎麼會荒謬到每個人都有所糾葛，但其實網路盛行的現在，常常把陌生的你我，因爲愛而串聯在一起，水瓶鯨魚的文章，讓我看到迷惘心中的出口。糾葛自己的，始終是那太過渴望愛情的心。

關於貝莉：以辛辣又搞笑的風格在水瓶鯨魚的「失戀雜誌」文學網站發跡。文字作品：《OL工作戀愛事件簿》（時報出版）、《Single War》（聯合文學）劇本創作：台視偶像劇《心動列車》、三立電視情境喜劇《住左邊住右邊之全民拚幸福》專欄：姊妹淘網站、MSN女性時尚頻道。

FACEBOOK LOVE STORIES

contents

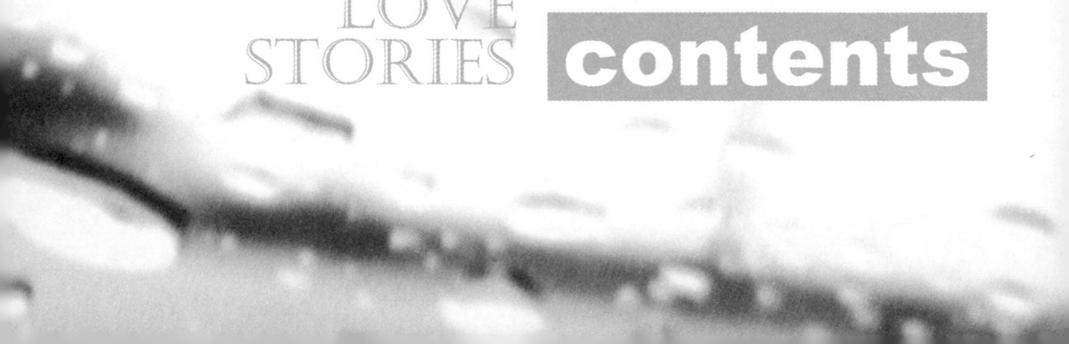

人物關係圖

FACEBOOK
LOVE STORIES

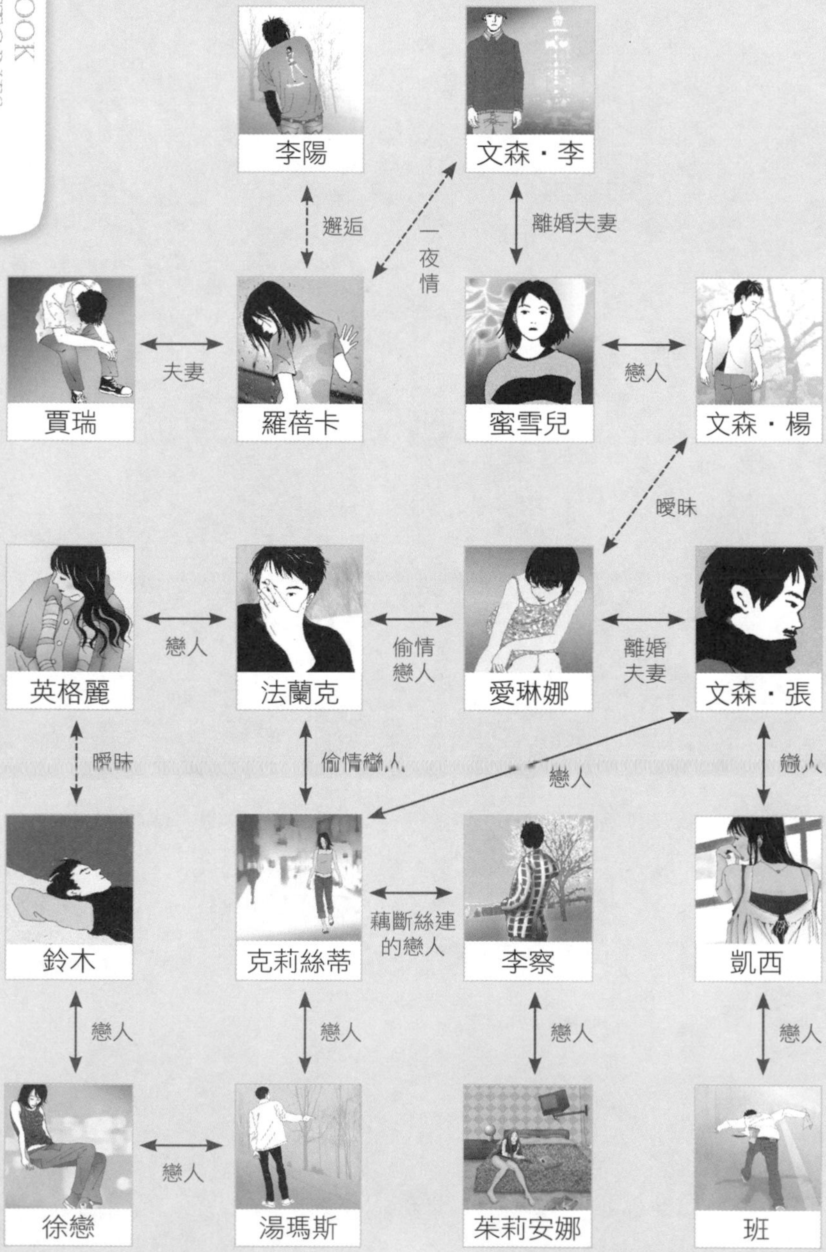

Christy

Jerry Wang
Rebecca Lo
Henry Huang
Vincent Yang
Christy Leung
Kristy Yen
David Chang
Arlena Liou
Jimmy Li
Kristy Lou
Vincent Lan
Christy Yeh
Vincent Wang
Cathy Wang
Madeline Wu
Lian Hsu
Thomas Chen
Wynne Tang
Ben Smith
Ketty Wang

名叫克莉絲蒂的女人

夜裡，細雨纏綿地下著。

因爲連續播放了幾張老唱片的關係，音樂安靜地倒帶回到某一個時光，男人心情愉悅提起了過往的戀史，以及那些相戀和分手的瑣碎細節。

那串曾經聽過的女人名字，焦距慢慢地調整得又更準確一點，輪廓也清楚了些。說到克莉絲蒂，男人說那是他幾年前深愛過的女子。

問男人：「她是什麼樣子的人？」

「很聰明，很獨立，想法很豐富，在一個電影公司工作……」

「那，她長什麼樣子？」

男人沉默起來，握了握我的手說：「我們今天不要講了，我心情有點低盪，改天再說好不好?!」

我點點頭。

清晨，男人睡得極沉，我躺在他身邊，卻遲遲無法闔眼，乾脆爬起來爲自己熱了一杯牛奶。

窗外的雨下得很大，雨絲敲打著屋簷，同無形的擴音器在小小的房間裡氾濫如潮，然後，我想到克莉絲蒂這個模糊女人。

會讓男人忽然「禁口」的過去女友，通常只有兩種：

一種是現在還戀戀不忘，另一種則教人煩悶。

克莉絲蒂是第一種吧，男人的表情寫著清楚的答案。

我開始想，克莉絲蒂到底是什麼長相？

應該也是個嬌小的女人，依男人過去女友的類型。

克莉絲蒂是長頭髮？還是短頭髮呢？長髮吧，有點自然捲的直長髮。

臉是瘦的吧？眼睛應該有點大，眉毛說不定是細細的。

嗯，應該很喜歡音樂，在電影公司上班，應該也很愛看書。

那麼克莉絲蒂都看什麼書？聽什麼音樂呢？至少有一些披頭四的唱片，說不定很愛巴布狄倫、老鷹合唱團，齊柏林飛船可能有幾張，那麼卡本特、保羅賽門、酷玩和電台頭，她聽不聽呢？也許，她聽李斯特或蕭邦，或者巴哈的音樂。

可是，克莉絲蒂的英文怎麼拼？

忘了問男人，是Christy還是Kristy？

接下來幾天，雨一直沒停，我照常去上班，和男人約會，偶爾與朋友去看電影、下午茶或吃飯，卻，總忍不住想起克莉絲蒂。

克莉絲蒂，像暗房裡一張愈來愈清晰的顯影照片。

克莉絲蒂通常穿什麼衣服、喜歡吃什麼樣的菜、習慣做愛的姿態、罵人的模樣、接吻時顫抖的眼睫毛……竟在日復一日的想像空間逐漸拼成一張完整的圖，甚至克莉絲蒂和這個男人怎麼分手，男人額頭的傷疤是不是和克莉絲蒂有關，都像小說裡的情節被安排就了定位，一個星期過去，我心中的克莉絲蒂已經變成了一個活生生的女人。

天晴的某一天午後。

男人心情開朗，摘下陽台的新鮮薄荷葉泡了一壺茶，主動提起克莉絲蒂，輕聲地說：「徐戀，對不起，那天我心情不好，不太想講到她。」

我露出微笑：「沒關係。」

「其實，她是……」

「都過去的事情了，湯瑪斯，我們不要再講了，好不好？」

不知道爲什麼，關於克莉絲蒂，這一瞬間，我失去了興趣。

Arlena

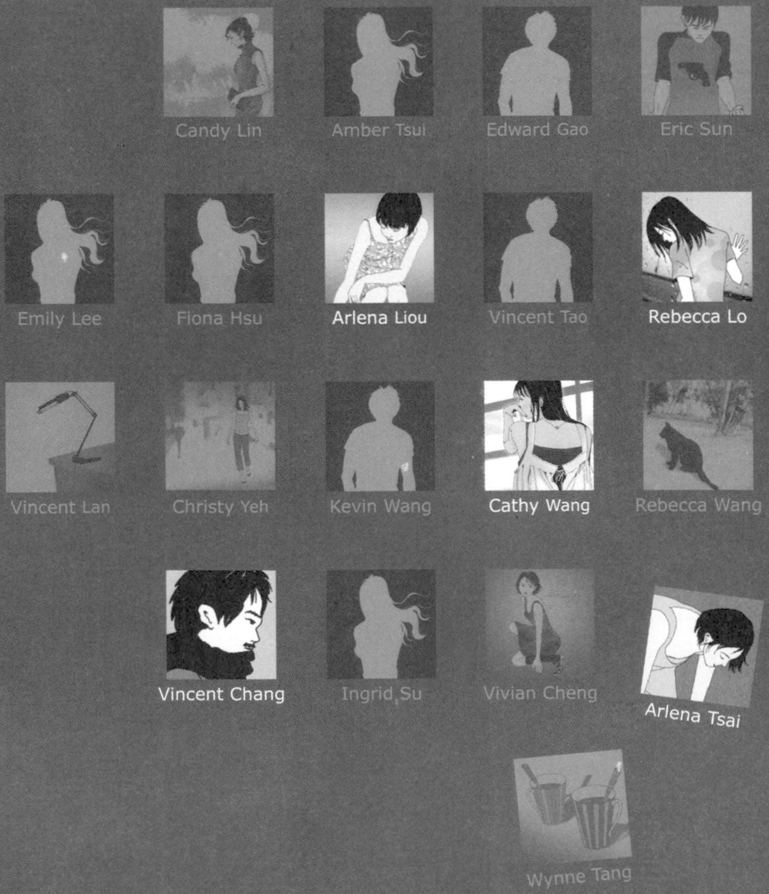
Candy Lin
Amber Tsui
Edward Gao
Eric Sun
Emily Lee
Fiona Hsu
Arlena Liou
Vincent Tao
Rebecca Lo
Vincent Lan
Christy Yeh
Kevin Wang
Cathy Wang
Rebecca Wang
Vincent Chang
Ingrid Su
Vivian Cheng
Arlena Tsai
Wynne Tang

愛琳娜，妳在家嗎？

凱西，第一次討厭自己的英文名字，是和那個從紐約剛回來、染了一頭金髮的男人交往的第六十三天，她剛換了手機門號。

換門號的晚上，跟西班牙課同學羅蓓卡下課後順路去台大附近的一家咖啡店聊天，討論到許多浪漫的愛情電影情節，凱西瞬間很想念他，撥了幾次男人的手機都不通，她只好留下簡訊。

不到十分鐘，手機響了，上面顯示男人的英文名字「文森」，她開心地按下接聽鍵，耳裡傳來男人極溫柔低沉的聲音：「愛琳娜，妳還沒回家嗎？」

凱西整個人呆住，是文森的聲音沒錯。

「愛琳娜，妳還沒回家嗎？」男人又說了一遍。

「對不起，我不是愛琳娜……」

還沒說完，男人就掛了電話。

凱西拿著手機發愣了好一陣子，羅蓓卡問：「怎麼啦?!」

「愛琳娜是誰？」

「什麼愛琳娜？」

「我……剛剛打電話給我男朋友，都不通，他打電話來說：『愛琳娜，妳還沒回家嗎？』然後我一講話，他就掛了電話。」

羅蓓卡也怔住了。

「愛琳娜是誰？」凱西喃喃自語。

「可能是他的朋友吧，說不定妳的新門號和她的電話號碼很像。」羅蓓卡輕鬆幫忙圓場。

「……或許吧，可是我男朋友唸愛琳娜這個名字好性感、聲音充滿了情感，他一定很愛她。」

「喂，小姐，妳想太多了吧！」

「嗚——我討厭我的名字，我不要叫凱西！」

之後幾天，凱西不斷唸著愛琳娜這個英文字，腦袋裡反覆迴帶的都是男人的聲音，一遍又一遍溫柔的愛琳娜。

「我想改英文名字，幫我想一下，有沒有什麼名字比愛琳娜唸起來性感的？」在師大路的餐館用餐時，凱西再度提起這件事。

「妳發神經了！妳後來沒問他誰是愛琳娜嗎？」羅蓓卡沒好氣地回答。

「我男朋友說他的手機整晚都沒響。」

「喔，會不會妳打錯電話……或者那通電話不是妳男朋友打的？」

「不可能，他的聲音，我怎麼可能會聽錯?!我一換手機，他的號碼，是第一個輸入的，比我爸媽都早。」

「……」

「幫我想一下嘛！什麼名字唸起來比較性感。」

羅蓓卡覺得有點好笑：「凱西不性感啊？」

「聽起來呆呆的。」

「薇薇安呢？」

「不要，跟徐若瑄一樣，我不是徐若瑄那種可愛型的女孩。」

「愛麗絲呢？」

「我才不是夢遊的小朋友，不特別。」

「露露、娜娜、嘎嘎，Lady Ga Ga？」羅蓓卡逗她。

「喂！」凱西生氣起來。

「取個西班牙名字好了，妳不是想去西班牙嗎？Penélope……潘妮洛普夠性感了。」

「這名字不好唸……」

「那叫英格麗好了，英格麗・褒曼，非常性感。」

「英格麗、英格麗……」凱西唸了好幾遍：「怎麼覺得好像一個日本化妝品品牌？」

羅蓓卡大笑起來。

終於見到愛琳娜，是一個月後，凱西和文森去參加丹尼爾夜店的開幕酒會。

愛琳娜姓蔡，是一個長得黑黑壯壯四十二歲女人，晚上在夜店當兼職廚師，白天在幼稚園工作，很奇妙的兩個工作組合，讓凱西充滿好奇；不過愛琳娜非常會講笑話，笑起來有兩個深深的酒窩，笑聲就像日本漫畫中的白鳥麗子一樣，哈哈哈哈哈，極特殊笑法，常讓現場朋友因爲聽到她的笑聲，又大笑一場。

凱西走向前和愛琳娜說：「妳的名字好性感。」

愛琳娜爽朗地笑著：「我也覺得很性感哩！凱西，妳的名字也不錯啊，聽起來很大方。」大方，是讚美詞嗎？

愛琳娜對她非常友好，穿著態度很中性，和酒會中許多男人們都像哥兒們一樣隨意搭肩，大杯喝酒、豪爽俐落，包括跟她在意的那個男人，態度也一樣爽快。

凱西小口吃著甜點，注視著愛琳娜……說不定愛琳娜心裡面有一個很柔軟的角落，是很女人的，就像她做的巧克力蛋糕一樣浪漫細緻，也像她白天工作一般溫柔貼心，一般人所不容易發現的。

她打量著自己的男人在朋友群裡面談笑風生的模樣，揣想這男人會不會是唯一能涉入愛琳娜心底角落的探險員？她又想起男人唸著愛琳娜這個名字的迷人音節，她沒聽過男人用這樣的聲音感情喊過凱西。

「還是覺得愛琳娜很性感嗎？」羅蓓卡聽到凱西形容了愛琳娜模樣開起玩笑，之後聽到愛琳娜的職業，驚訝說：「原來，妳的愛琳娜是我的網友耶！」

「妳的網友？叫愛琳娜的人很多吧？」凱西皺起眉頭。

「我Facebook的美食社團有個網友愛琳娜，白天是幼稚園老師，晚上在夜店當廚師，這種機率應該不高吧？」

「那……眞的就是同一個人?!」

「妳確定電話裡的愛琳娜是這個愛琳娜嗎？」

「不知道，哎呀，不要問我……反正，不知道爲什麼，我還是覺得愛琳娜這個名字比凱西好聽。」

羅蓓卡聳聳肩，只是搖頭。

世界上有些事情總是這樣，如同臉上一顆不礙眼卻也不平坦的小痘子，每天習慣碰觸，就很難忘記它的存在。

「愛琳娜」這個很蠢的困擾，大約足足跟隨了凱西好幾週，直到那個黑黑壯壯的愛琳娜打電話約她到夜店品嚐她的松露鵝肝作品的星期天午后。

愛琳娜一面詳細介紹松露鵝肝的作法，問凱西意見，一面暢談幼稚園小朋友種種調皮的笑話，凱西的手機又響了，男人低沉熟悉的聲音透過話筒傳遞出來：「愛琳娜，妳在家嗎？」

凱西下意識覺得男人打錯電話，把手機拿給對面的愛琳娜。

只見愛琳娜聽著手機露出深深的酒窩，不知講了什麼，哈哈哈大笑出來，迅速就按掉手機，然後語氣爽朗地對她說：「文森那個呆子！他老是撥錯電話，不是找我啦！他前妻也叫愛琳娜。」

Kristy

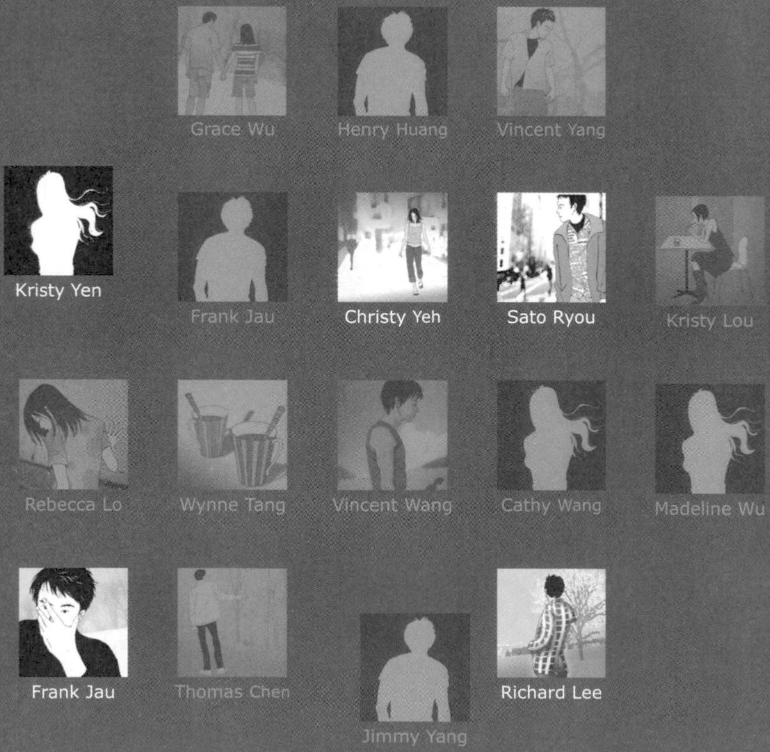

Grace Wu
Henry Huang
Vincent Yang
Kristy Yen
Frank Jau
Christy Yeh
Sato Ryou
Kristy Lou
Rebecca Lo
Wynne Tang
Vincent Wang
Cathy Wang
Madeline Wu
Frank Jau
Thomas Chen
Jimmy Yang
Richard Lee

克莉絲蒂的五星級浴室

克莉絲蒂承認對「浴室」這種濕濕熱熱的地方，確實有奇異的狂熱。

存了十年的薪水，好不容易看上一間二十八坪五樓老公寓，付清頭期款的第一件事就是慎重拆掉牆壁、拉寬面積，改建浴室。

細雨午後，工人把碩大的米白色按摩浴缸從樓下抬到五樓，忍不住發出驚訝聲：「葉小姐，妳的浴室比妳的房間還大？」

克莉絲蒂竟然臉紅，也許是對這句話過敏，也可能瞄到一張青澀臉孔的年輕男人黑黝結實的臂膀清晰冒出的汗珠，原因不明。

她想到水龍頭嘩嘩的水流聲，白霧一樣的熱氣泛出來，她裸身躺在浴缸裡的清晨夢境。

薄荷味道的香精油漂浮在水面上，她把雙足纏在男人的頸上，男人微笑地玩弄她的腳趾頭，突然摘掉起霧的眼鏡，靠過來吻她……那是克莉絲蒂和法蘭克的第二次約會，在台中一個五星級飯店的按摩浴缸，當法蘭克和老婆復合，任何賓館的浴室，她都嫌髒。

李察前後兩個家的浴室都很有趣，第一個浴室搞了一個大大的橡木桶擺在充滿南洋盆栽的地方，極具異國風味。

李察喜歡在她洗澡時偷溜進來，掀掉圍在腰上的毛巾就擠進木桶，呵她癢，桶裡的熱水大片大片濺了出來；李察第二個浴室，則是她和李察一起設計的。

對於第一個浴室，擁有一公尺高的小植物林遮住的浴室窗口，以及窗外碧藍的星空，克莉絲蒂不能說不懷念，可惜那個浴室不是男人的，是李察姐姐所擁有的房子；而第二個浴室，在他們分手後，則拱手讓給了一個英文名字很討厭的女人，克莉絲蒂更覺心痛。

至於，伊豆半島可以遙望海景的露天溫泉，夜裡她隔著大石塊聽著日本友人佐藤流淚哭訴對某一個台灣女人的思念，她就發現靠海的浴室，水質很容易過鹹，不知道會傷身？還是養身？

克莉絲蒂深深嘆了一口氣，眞的，她只想要一個屬於自己的浴室。自己一個人的。

因此多年來，她一面檢查存款簿的定存、會錢的利息，同時不忘確認報章雜誌廣告和信箱裡的售屋傳單，包括那些形容詞溢美的廣告文案。

青田名廈，37坪，邊間，三面採光，巷道整齊，名人爲鄰。
泰順花園頂樓，33坪，泰順公園旁，空中花園，使用空間特大。
新生晶華，31坪，二年新屋，近青田街，新生學區，附車位。
仁愛雅致園，靜巷邊間，三面採光，百萬名家設計。
復興雅築，39坪，雙併電梯華廈，有車位，近捷運，全新裝潢。
莎士比亞，48坪，百萬裝潢，溫馨舒適，方正格局，光線明亮。
溫州公園華廈，31坪—38坪，交通便利，近捷運，與台大教授爲鄰。

克莉絲蒂沒見過有任何售屋廣告會寫著：「擁有空中花園浴室，百萬裝潢，溫馨舒適，三面採光。」

浴室，是不需要與名人或台大教授爲鄰，或者近捷運、有車位。

沒有人賣房子會講究浴室的形容詞吧?!除非新屋預售。

台北縣郊區許多新建預售屋，習慣這樣強調。

「五星級飯店浴室，西德名牌裝備，超大按摩浴缸，可看夜景……」

偶爾看看廣告上的華美照片乾過癮，沒有太多錢、沒有車子、近十年在市區工作的她，實際上，從來無法眞正望梅止渴。

「妳的浴室眞的好大，洗澡一定很過癮。」

幫克莉絲蒂黏好浴缸的年輕男人，蹲在磁磚上轉頭對她笑著說，背後整片白T恤都濕透了，露出半透明堅硬的背脊。

克莉絲蒂想到一個男同性戀的好友對情人的條件：「中產階級的思想，藍領階級的身體。」

讓一個身體線條漂亮的年輕男人蹲坐在自己的浴室，鍾愛又私密的浴室，她多少有些奇異的惶恐，這麼近，浴室窗外的雨聲嘩嘩地下著。

好友羅蓓卡說：「很多人覺得客廳是開放的空間，臥房是一個極私密的空間，卻忘記浴室應該是比臥房還私密的地方。」

「……」

那瞬間，她呆住，說不出話來。

羅蓓卡繼續叨叨唸：「每個人家裡的浴室洗臉台擺著每天進入口腔的牙刷與洗淨身體的沐浴乳，包括是擦乾裸體的毛巾，甚至擺著衛生用品……可是，我們常把臥房的門關起來，卻讓到家裡的陌生朋友自由進入自己的浴室看見、觸摸所有一切，這不是很怪嗎？」

當然很怪，她看著這個幫她裝好浴缸的男人冒著青筋的腳掌，忽然感觸莫名，彷彿不小心打翻的水，滲透進她的內衣，緊張起來。

每個男人的腳掌都不一樣，青筋冒出的地方也不同，每個男人的習慣也都相異。

法蘭克熱愛的牙刷是電動式的，一進入浴室就會有細細的轉動聲，那牙刷一直擺在他出差用的黑色行李箱內層，刮鬍刀一定也是最新型的電動器具；法蘭克崇拜各種

3C產品，從手機、手提電腦、數位相機到PDA絕對都是新款，直到有一天他拿出一支粉紅色電動按摩棒，她終於無法忍受。

那規律的震動在她的身體裡，如同他們規律的偷情時間，在手機的行程表呈現特殊的符號，隨時可記憶與銷毀，分手那一次談判，她完全死心，因爲想起法蘭克在某一個飯店，忘了帶自己習慣的電動牙刷抓狂的表情。

李察雖講究品味，生活中卻是個極適應任何環境的男人，任何品牌、品質的牙膏與牙刷都可以接受，甚或葬禮送的毛巾都不介意；他在她之前租的地方留過34支牙刷與28條毛巾，每次去她住的地方，李察總習慣先去便利商店買毛巾與牙刷。

克莉絲蒂說：「我家還有你上次留下來的牙刷和毛巾啊。」

李察會溫柔地摟住她笑著：「妳還留著啊?好感動，我以爲妳丟了。」

只是，李察還是不忘買一組新的，包括保險套，原因是：「新的好用，保證不過期。」

是的，李察不習慣過期的感情熱度。

佐藤是法蘭克的朋友，克莉絲蒂沒跟佐藤上過床，只是去日本旅行曾借住佐藤在下北澤的房子。

一次衛生紙用完，在浴室裡，她慌張打開浴室的櫃子尋找，驚訝地看著櫃子裡擺著一大袋牙刷、一疊毛巾、兩瓶用過的粉底霜、一包開過的衛生棉和一盒完封的衛生棉條。

那些留在浴室的痕跡，正是愛情的遺跡，男人疏忽的感情歷史。

她不是不了解，卻也不能說不在意；覺得荒謬的是，泡溫泉的時候，她還曾經為佐藤遠距離的台日戀情被打動。

哎，每次盯著一個男人的牙刷與襪子，克莉絲蒂總是想了很久，然後決然丟棄，為了下一個男人，新的情人。

她這麼細心，他們那麼粗心，她又傷感又安慰，有遺跡可循的男人，總比徹底毀屍滅跡的好，她深深這樣認為，也喜歡這樣的「笨」男人。

「妳不會把我的牙刷拿去刷馬桶吧？」

文森曾開過這樣的玩笑，眞是笨男人。

「誰會拿不好用又小支的牙刷來刷馬桶?!」

克莉絲蒂說完，兩個人都笑起來，而男人顯然笑得很勉強。

「好了，這浴缸要一天後才可以使用，水泥還沒乾。」

年輕的男人用抹布擦好浴室地板的灰屑說。

「淋浴可以嗎？」

「可以，不過浴缸不能直接使用，這兩天不要泡澡。」

克莉絲蒂點點頭。

汗水淋漓的男人又笑：「妳喜歡泡澡喔？」

「……」

「說老實話，我真的第一次看到浴室比臥室大的……」

「……」

奇異的感覺又跑出來，在女人身體上的細胞亂竄，克莉絲蒂聽見水流的聲音，嘩嘩流進黑洞裡。

「可以喝一杯水嗎？」

曾經，是的，曾經。
而此刻、此時，她還是深深地愛著那個男人，想著那個男人。

水瓶鯨魚 長篇愛情小說　《我的感情名單》　FACEBOOK LOVE STORIES　大田出版

男人問，他有一口潔白的牙齒，和漂亮的身體曲線。

「嗯。」

遞給他水杯的時候，克莉絲蒂覺得自己太神經質，光注意男人冒著青筋的腳掌，那一雙漂亮的腳，腳趾甲剪得極整齊。

「你一直做裝潢工作？」

「我在我叔叔的店幫忙，我是唸建築系的，暑假沒事來打工啦。」

「喔。」

唸建築系的男人。

「爲什麼要把浴室做這麼大？」

男人喝著水，喉嚨咕嚕一聲。

對，爲什麼呢？小時候跟兩個姊姊住一個房間，她曾經夢想能夠擁有自己的臥室；唸大學搬離家，一個人住在鴿籠式的小房間，她渴望有大客廳和熱鬧的室友；開始工作後，這些渴望和夢想，終於擁有，卻在每天下班拖著疲憊身體回家時，發現眞正能夠獨處與安慰自己的地方竟是浴室。

浴缸滿溢了水，溫暖了身體後，瞬間拔掉塞頭漩渦般水流進入無底黑洞，彷彿是一種淨身的儀式，立刻掏空渾濁的自己，跟激情過後的下體一樣虛脫，卻乾淨。

男人的體溫是浴缸的水，把熱水龍頭扭到盡頭，極可能在霧氣裡暈眩甚至燙傷；冷熱水齊開，不知不覺會溢出浴缸，弄濕浴室地板；不管它，熱水會漸涼，寒了自己的心。

說想要屬於自己的浴室，眞是太漂亮的藉口，其實她眞正想要能夠在浴缸裸裎擁抱的夥伴。

「葉小姐，妳的浴室眞的不錯，像五星級飯店……」

「對啊，我喜歡五星級的浴室。」

克莉絲蒂確實喜歡五星級的浴室，包括五星級的浴室男人，而非五星級飯店過客。

結實的臂膀，黝黑的皮膚，冒著青筋漂亮的腳掌、剪得整齊的腳趾甲，潔白的牙齒有一顆小小虎牙，唸建築系的學生，她認識這個人就這麼一點點，如同房屋銷售廣告的空虛文案。

「我該走了，店裡Call我，浴缸有問題，再打電話到店裡。」

男人接了一下手機，站起來微笑。

克莉絲蒂也笑著，把空杯子放到餐廳的桌上，看著男人穿鞋，揮手，關上公寓大門。

窗外的雨還兀自下個不停，滴滴答答，她扭開水龍頭試一下新浴缸，立刻關上，水嘩嘩地波動，旋轉，即刻消逝在黑洞裡，像過去那些遺失的男人剪影。

只聽見浴室水管隱約傳來規律、哽咽的聲音，在手腕脈搏上跳動。

Gray

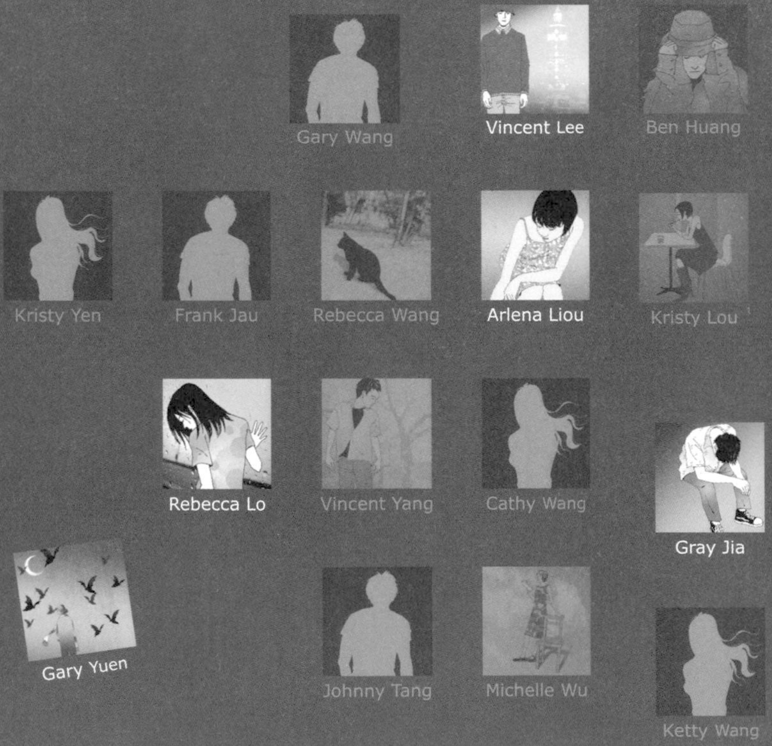
Gary Wang
Vincent Lee
Ben Huang
Kristy Yen
Frank Jau
Rebecca Wang
Arlena Liou
Kristy Lou
Rebecca Lo
Vincent Yang
Cathy Wang
Gray Jia
Gary Yuen
Johnny Tang
Michelle Wu
Ketty Wang

賈瑞的家具

對不起，我實在太容易在溫暖的屋子裡睡著。

賈瑞吻著羅蓓卡的耳朵，柔聲爲自己睡著道歉。

賈瑞因爲第一次到羅蓓卡獨居的十六坪大租處，對前一夜躺在沙發上和羅蓓卡聊天結果不小心睡著這件事，深深致歉。

清晨的空氣裡流動著微薄的寒意，羅蓓卡只是輕笑，到廚房把咖啡壺與杯子端到客廳來，幫兩個人倒了濃濃的熱曼特寧，並輕巧在音響上按一下Play。

其實，賈瑞的家也佈置得極舒適。

離婚單身男人二十五坪的公寓，雖不夠寬敞，卻充滿溫暖的氣氛；深藍色厚厚的棉布窗簾、米白色的地毯，窗邊是一組籐木深藍色厚墊沙發與一整面靠牆的咖啡色木製書架，上面擺滿數百本書，書架旁有一組音響以及不常見的老式唱盤，地毯上略整齊放置三大落黑膠唱片與ＣＤ。

羅蓓卡和賈瑞喜歡打開角落昏黃的老式罩燈，半躺在地毯上暗紅色、墨綠色的大抱枕，看書、聽音樂或聊天，偶爾做一場愛。

做完愛、沖澡時，賈瑞已經在廚房，屋裡除了唱盤上轉動的黑人靈魂樂還有廚房飄來的食物香味。

「我喜歡家的感覺。」

看著羅蓓卡吹氣喝著熱騰騰的香菇雞湯時，賈瑞微笑說。

「看得出來。」

熱湯燙著羅蓓卡的舌頭，暖暖融入胃裡。

「羅蓓卡，我也喜歡妳家啊，雖然很小，卻非常舒服。」

「嗯。」

第一次到賈瑞的公寓，羅蓓卡就發現賈瑞對居住地方的品味與氣氛要求，和她過去認識的很多生活懶散成習的單身男人很不同。

賈瑞沒有潔癖，書、唱片與過期報紙，雖疊得凌亂，卻別有情調；廚房洗水槽偶爾堆置未洗的空杯子與碗盤，令人驚奇的卻是，廚櫃上掛滿各式擦得光亮的大小鍋子與各式做菜用的調味料罐子，連菜刀都排列整齊。

「賈瑞，你認爲所謂家，到底需要什麼？才能感覺像家？」發現男人忽然換了新地毯，羅蓓卡撫摸著酒紅色印花地毯，忍不住問。

賈瑞是爲了她換的，因爲之前的米白色地毯留有前前女友羅蓓卡翻倒紅酒的污漬，對，和她同名，卻截然不同，賈瑞說那是個被寵壞的華裔美籍年輕女孩，他們才交往兩週，就發現她嗑藥，他完全無法忍受，於是分手；因此剛開始兩個人躺這張地毯，賈瑞都會用報紙或雜誌把污漬蓋起來。

「你認爲所謂家，究竟是什麼感覺？」見賈瑞沉默，羅蓓卡又問了一次。

賈瑞沉默了許久，抽起一根菸。

羅蓓卡也點燃一根菸。

煙的線條，在兩人之間起了薄薄的霧，薄薄地淹沒整個客廳。

「我想念妮妮……」

賈瑞沒有回答她的問題，卻掉下眼淚說出這句話。

羅蓓卡靠過去摟了摟賈瑞。

「對不起，我實在太愛妮妮。」

「沒關係。」

妮妮是賈瑞與前妻的小孩，非常早熟可愛的女孩。

除了照片，羅蓓卡第一次見到妮妮是三個月前的週末，她跟賈瑞去一家酒吧，喝完酒兩個人摟著腰推開門，賈瑞突然間鬆開手慌張地喊著：「妮妮！」放下她，獨自過了馬路。

羅蓓卡直愣愣在路邊站了約半小時左右，雙手瑟縮在外套口袋，看著十公尺前蓄著妹妹頭、八歲的妮妮彆扭地不理賈瑞，而賈瑞的前妻看也不看他，臉上充滿想逃離的神情。

「是妮妮先看到我們的，她看到我抱著妳，她的爸爸牽著一個陌生的女人，她……不想跟我講話。」

那一夜是賈瑞第一次在女人眼前哭，在她家的沙發上，淚濕了一整片沙發布，只提到妮妮的態度，沒提到他的前妻……那一夜，是賈瑞與羅蓓卡認識的第四個月的第二個禮拜，客廳的電視正播放他們租回家的電影錄影帶，一部喜劇片。

「妮妮從來不會這樣，我們一直像朋友一樣，什麼話都能說……」

賈瑞哽咽的聲音，像故障的ＣＤ音響一樣在耳際重複播放；羅蓓卡眼前的電視螢幕播出金凱瑞故作扭曲誇張的臉孔。

隔一天，天花板的投射燈壞了兩支。

賈瑞起床後喝著咖啡說：「改天，我幫妳換燈泡。」

羅蓓卡笑了笑，記得上個月家裡床頭音響壞了，賈瑞也曾這麼說，最後還是自己搬到器材行才修好。

因爲這是羅蓓卡的屋子，不是賈瑞的。

對，不是的。

他們的地盤涇渭分明，比小時候和隔壁男同學桌上的楚河漢界更清晰；像台灣東部外海中那條深色的黑潮，一上船不多久，便能一眼分辨出海水湧動著大片大片不同色澤的波浪。

氣候不好時，黑潮就如同一頭形狀不規則的猛獸充滿攻擊力；每每，一個人從夜裡驚醒，羅蓓卡總緊拉著棉被在漆黑的雙人床裡，獨自喘氣。

寂寞，是地毯上無限擴大的污漬，羅蓓卡眼睜睜看著自己脆弱的心，一塊一塊被淚水腐蝕，該同情這個男人，還是自己？羅蓓卡抽起菸來，等待清晨曙光一吋一吋地移至屋裡，把孤寂收拾在照不到光的黑暗處。

深夜裡，一個有過一夜情的男人突然來訪，電話才響，人就到門口。

男人一進門，立刻大刺刺攤在羅蓓卡的沙發上，像是自己家一樣，點起菸。

「真喜歡妳家的沙發，好懷念。」

「說懷念太誇張了吧？你才來過一次……要喝什麼？」

「有紅酒嗎？好久不見，妳都在忙什麼？把我忘記了吧？」

「你不是心情不好？剛剛電話裡講到好像要哭了，怎麼現在像中了樂透？」

羅蓓卡倒了一杯紅酒放在桌上。

「看到妳，心情就好了嘛。」男人端起杯子來：「嘿，妳現在聽起黑人靈魂樂？」

「你哪知道我喜歡什麼音樂？」

「我也喜歡這種音樂，感覺很深刻。」

男人喝一口酒。

「記不記得我上次在妳家聽到一張西班牙的CD，我還特別跑去買。」

「眞的嗎？」

羅蓓卡心不在焉，想著爲什麼今晚賈瑞的手機不通，家裡電話也沒人接。

「妳怎麼啦？妳家的樣子還是一樣溫暖，可是，妳好像變成另一個人?!」

「說得——好像我們三年沒見？你上次來，不過是三個月前的事。」

羅蓓卡也點燃一支菸。

「眞舒服。」

男人又陷入沙發裡。

「對啊，很多人躺在我家的沙發都會睡著。」

羅蓓卡淺笑地，男人忽然把她的菸從手指間拿開，在菸灰缸按熄。

「妳抽太多菸了，這樣對身體不好。」

「怎麼莫名其妙關心我的身體了？」

「爲妳好啊，我一個女性朋友最近流產，就是菸抽太多了。」

「是女性朋友？還是女朋友？」

「學校的女同事啦。」

「眞的是菸抽太多了嗎？」

「我自己猜的啦。」

「沒有醫學根據的話，不要亂講！」

「才不是沒有醫學根據，醫學不是一直提醒女人不要抽菸啊。」

「這樣說，那男人抽菸呢？就沒責任啊?!」

「母體是小孩住的地方，不一樣啊。」

「好吧，算你對，可是母親跟父親一樣要負責啊，如果父親抽菸，母親吸二手菸，不是更嚴重?!」

「如果我要生小孩，我不會在我老婆前面抽菸的。」

「也就是說，如果你老婆沒有懷孕，你就不會在乎老婆喜不喜歡菸味？會不會因爲吸二手菸讓身體不好？你應該關心你前妻吧或者下一個老婆……」

男人咬了咬唇：「打擊我，會讓妳開心一點嗎？」

「抱歉……」

「就讓我關心妳一下好不好？」男人的聲音又柔和起來：「算我關心妳未來的小孩好了。」

「你，好奇怪。」

「哎呀！小孩可是重要的，不能關心一下嗎？」

「……」

「妳上次不是說妳很想生小孩嗎？我可是爲妳好啊。」

男人靠過來撫摸著羅蓓卡的頭髮，羅蓓卡輕輕地把男人的手拉開。

「我想生小孩也不是現在啊，而且……不關你的事吧。」

「就算是朋友，也可以關心吧?!」

「把關心留給你前妻或女性同事吧！」

羅蓓卡笑著站起來，拿起手機打給賈瑞，電話一直沒人接，一分鐘過去，還是沒人接。

「妳打電話給誰啊？」

男人低聲說，從背後緊緊抱住羅蓓卡。

「不要……」

羅蓓卡喊了一聲，即刻被男人的嘴唇堵住，推倒在沙發上，男人強烈地緊攫住她的身體，狂吻著她的頸子，右手掀起她的裙子，從內褲伸進去，她用力搖晃著臉與扭曲身體，一咬牙，使盡全力推開男人。

「你在做什麼?!文森！」羅蓓卡吼出男人的名字，從沙發摔落在地板，手肘碰觸地板，一陣刺痛，嘴唇咬出血痕，狠狠地看著男人。

「對不起……」

男人咬了咬唇，頓了頓，又說一次：「對不起。」

羅蓓卡的眼淚即刻大片大片落下來。

「對不起，對不起……我不是故意的。」

男人慌了，站起來，忙尋找紙巾幫女人擦眼淚。

「對不起，妳不要哭啦……」

「上次就跟你說，我已經有我愛的男人了……那次是錯誤，我不可能的，我們只能當朋友……你爲什麼？爲什麼？」

羅蓓卡哽咽著。

男人沉默不語撫著她的肩，輕緩地擦拭她的眼淚，羅蓓卡愈哭愈傷心，忍不住想起一個月前聽到賈瑞的話，淚水如海水漲潮般湧出，一發不可收拾，握著紙巾的男人在漫天水患中竟不知所措。

「我要坦白跟妳說，也許妳會覺得我很自私……妳說妳未來想要小孩，可是，我經歷過婚姻的傷痛，到現在還不能恢復，也已經有了小孩，有小孩的感覺眞的很棒，但是我已經不會像以前一樣有幻想，跟妮妮分開，我非常難過……可能，我不想再經歷這種痛苦了……我必須讓妳知道，我現在這樣想……我不希望妳浪費時間。」

「浪費時間？」

「我是說，妳那麼想要有小孩，萬一……我未來不想要有，我必須告訴妳。」

賈瑞語氣眞誠的。

「未來？」

「因爲妳已經攤牌了，告訴我想生小孩，我覺得應該告訴妳。」

「那，我是不是該攤開其他的牌給你看？」

羅蓓卡故作輕鬆。

「什麼牌？」

賈瑞好奇起來。

「首先……我還沒想到要結婚。」

「……」

「而且，我根本不知道我們那時候還會不會在一起……」

「……」

「就算是我們未來會在一起，如果你不想生小孩，我還是想生，說不定我會去找其他的男人生小孩……」

賈瑞的表情立刻黯淡下來，難過起來。

「如果我們在一起，妳還要去跟別的男人生小孩，羅蓓卡，爲什麼妳都沒有想到我的心情？」

「為什麼妳沒有想到我的心情？」

賈瑞在講的這句話，彷彿沉沉的鐘聲在心口用力撞擊著，回聲則不斷在氾濫成災的小小的客廳環繞。

三個月前遇到前妻和小孩那一晚的隔天，賈瑞只在羅蓓卡的信箱留下Mail，因爲妮妮的表情讓他太傷心，便獨自去了一趟峇里島散心，中間沒打過一通電話回來。

清晨六點，當羅蓓卡的水庫乾涸後，男人從地板爬起來，一臉惺忪看了一下手錶，決定回家，羅蓓卡獨自鎖上門，便把窗簾拉上、燈關上，躺在沙發的暗處發抖，而且下體濕潤。

羅蓓卡痛恨濕潤這件事，明明是一個不愛的男人，而且是自己拒絕了他，她的身體卻無法隨心所控，如此誠實地飽滿慾望和強烈渴求。

因爲自從那天講到小孩的事，她跟賈瑞已經一個月沒做過愛。

賈瑞躺在她床上興奮時，老是壓抑慾望抱著她說：「我忘了保險套。」保險套是賈瑞說要負責去買的，老是忘了，一直忘了。

但，賈瑞從來不會忘記跟妮妮的約會。

每當賈瑞和妮妮相約那天，他一聽到鬧鐘聲就會立刻跳起，穿上衣服，胡亂吻她一下，連抱一下都嫌浪費時間似的說掰掰，聲音充滿亢奮感，簡直像去跟戀人初次約會一樣，極準時，事後也會不斷提起妮妮說了什麼、做了什麼，直到羅蓓卡對妮妮所講的話，每一句都可以反覆背出。

羅蓓卡，終於瞭解——某個女性網友爲什麼無法和老公與前妻生的小孩相處的心情了。

在Facebook美食社團認識的愛琳娜是個幼稚園老師，除了美食美酒，最喜歡的就是小朋友，她們雖沒見過面，卻有無數次深夜在MSN對談這題目，也講過幾次電話。

如同愛琳娜說的，她爽朗的性格一直極受小朋友與家長歡迎，每個人都讚嘆她對小孩的耐心彷彿一種藝術，可是愛琳娜竟然會爲了老公與前妻的小孩大發脾氣，甚至爲此吵著要離婚，她所有朋友們都很難理解……現在，她終於深刻了解了，深切到黑潮的中心點，不是小孩的問題，是男人的態度。

兩天後，去賈瑞的家裡，羅蓓卡撐著傘在寒雨的冬日去探望工作繁忙的男人，賈瑞本來一直不希望她來，一直說：「哎呀，家裡好亂，太忙了，都沒整理。」

羅蓓卡說：「我不介意，只是想看看你。」

看著賈瑞地毯上一堆匆忙收拾的報紙、雜誌上有一個咖啡色小小的維尼熊。

賈瑞撿起來笑著說：「哎呀！妮妮忘記帶回去！那個小傻蛋！」

語氣充滿愛憐。

羅蓓卡沉默不語，喝著男人煮的熱咖啡，又想到那一夜在街上碰見的賈瑞的前妻與妮妮。賈瑞前妻冷漠的表情，她永遠忘不了，羅蓓卡知道那個女人應該也看見了自己。那個女人的心情與她的心情，賈瑞從來沒有關心過吧，但，男人爲了妮妮卻哭了一夜，還沮喪地出走。

「妳聽過這張靈魂樂專輯嗎？」

羅蓓卡搖頭。

「這是一個我很愛的藍調歌手，眞的很棒，我大學時代實在太愛她了。」

羅蓓卡點頭：「很迷人的嗓音。」

賈瑞興奮起來，像小孩子一樣解說起歌手的背景與歷程，是一個獨立音樂廠牌發行的冷門女歌手……忘了是同學介紹還是老師介紹，他怎想不起怎麼認識這個歌手。

羅蓓卡笑：「你眞健忘啦。」

賈瑞搔搔頭：「人過40歲，記憶眞的有差……」

恐怕不是年紀的關係吧，羅蓓卡苦笑，就像賈瑞當初爲了她買地毯的語氣，他選擇了搭配窗簾色系的一張尼泊爾製的酒紅色地毯，後來索性也換了一支檯燈，讓整個客廳色調更溫馨別致，每每有朋友來訪，讚美客廳的佈置，賈瑞總是一臉驕傲，卻把她忘了。

妮妮是他跟前妻相戀的結晶，他也忘了，忘了他和前妻的種種。

羅蓓卡坐在賈瑞精心挑選的沙發上，心底想，不知道這沙發是賈瑞離婚後和哪個女人決定的品味，滿舒服的，就像那張米白色地毯，她也覺得很棒。

羅蓓卡忽然笑起來，對於賈瑞這樣的男人而言，「家」有多麼重要啊，需要很多東西才能組成「家」的氣氛，才像一個眞正的「家」，比如燈光、音樂、廚房、女主人與小孩等，既具體又抽象，這大概是賈瑞無法立刻回答「心目中的家」的原因吧。

記得有個古老的人性測驗題，問同一條船上，有妻子、女兒與媽媽，你只能救一個人？男人會先救哪一個？她搖了搖頭笑。

愛琳娜曾經深刻地奉勸她一句話：「女人啊！千萬別傻得想獲得男人一輩子不變與忠誠的愛，除非妳是這個男人的母親或是女兒。」

想到這句話，她無法控制大笑出聲。

賈瑞躭溺在他的黑膠唱片堆裡，好奇回頭問她：「什麼事，這麼好笑？」

她一點也不想回答。

妮妮應該算是賈瑞的另一個家吧，因爲賈瑞Facebook的照片就是妮妮。

而，她不過是賈瑞的家具，一支漂亮的燈也好，一組溫暖的沙發也罷，甚或一條

舒服的地毯……總之，跟賈瑞的前妻與前女友們統統都一樣，隨時可被取代；她可以取代上一個羅蓓卡，下一個羅蓓卡也可以取代她。

在賈瑞的客廳，羅蓓卡想了許久，發呆了好久，想通賈瑞所謂的家的概念，看著指頭上掉落的菸灰，不小心在酒紅色地毯燒了一個黑色的小洞，立刻抽出紙巾輕輕按熄，瞬間深深嘆息。

深深的，彎著腰，絕望到底點。

Michelle

Michelle Wu
Rebecca Lo
Vincent Lan
Richard Guo
Amanda Lin
Christy Leung
Gray Jia
Arlena Liou
Michelle Wang
Amanda Hung
Rebecca Wang
Vincent Wang
Michelle Huang
Madeline Wu
Eric Sun
Simon Kuo
Neil Nieh
Vincent Lee

蜜雪兒的幸福芋頭粥

三個月不見，蜜雪兒變瘦了，兩頰的顴骨往鼻深方向凹陷，卻更顯清麗。

「我是哀怨的離婚少婦。」

蜜雪兒嘻嘻笑，沒有一絲哀怨的語氣，坐在客廳沙發上握著遙控器胡亂轉動電視頻道。

「可是變美啦。」

羅蓓卡說完，開啓瓦斯，立刻用大火爆香紅蔥頭與切條五花肉，在砧板上將削皮的芋頭切成塊狀，只聽見電視頻道切換的雜聲。

「對啊，以前想減肥都減不成，不想減竟然就瘦了五公斤。」電視頻道轉到民視台語新聞，主播用標準台語播報，蜜雪兒又說：「喂，妳覺得我的台語講得怎樣？」

「什麼？聽不見……」

羅蓓卡把芋頭塊丟入鍋子，鍋子嘶嘶作響，翻了幾翻，加入一碗米酒，再倒入大骨熬的高湯，轉過頭來：「什麼？」

「我說芋頭粥什麼時候好啦？人家好餓喔。」

「再等半小時啦，等一下就可以吃了。」

羅蓓卡做的是蜜雪兒最愛的芋頭鹹粥，這是某個深夜蜜雪兒遇到感情困擾跑來找她，瓦斯爐剛好有一小鍋粥，羅蓓卡盛了一碗給整天沒進食的蜜雪兒，當夜蜜雪兒把整鍋粥都吃得乾淨，後來，幾次在電話中老讚不絕口。

「好想吃妳的芋頭粥，那就像一種神奇的藥方，會讓我心情變好，我可是眞心認爲那是我吃過最幸福的粥哩。」

蜜雪兒不只模樣甜美，聲音更是動人，並且總習慣以充滿誠意的語氣表達任何事，羅蓓卡想世界上能拒絕這種聲音魅力的人，眞的不多，無論男人或女人，特別是愛做菜的人，蜜雪兒把食物清空後的滿足表情，是對廚師至高無上的讚美。

芹菜，是芋頭粥最重要的提味香料，需要在五花肉、香菇絲融合芋頭味道時，最後加入鍋中，那會讓整鍋香濃油膩的粥顯得口味清爽。

並不是每個人都喜歡芹菜，但，羅蓓卡和蜜雪兒都對芹菜味道情有獨鍾，或者說，她跟蜜雪兒有類似的飲食品味，除了甜品。

那個新認識的年輕男生是甜品，宛如一塊「極品巧克力蛋糕」，蜜雪兒興奮地形容，九個月前吃芋頭粥時笑著說。

「我沒遇過條件這麼好的男人，家世好，學歷好，長得討人喜歡，又這麼熱情貼心。」蜜雪兒甜膩的聲音泛出甜品的香味，細細陳述她和男人每一場動人劇情。

「就像日本偶像劇一樣，哎喲，我都懷疑會不會是夢。」

「如果那個男生是巧克力蛋糕，那麼文森呢？」

「文森是搭配巧克力蛋糕很棒的伯爵茶。」

蜜雪兒的回答毫不猶豫。

那時候，羅蓓卡和文森雖見不到三次，對文森印象卻極好。

文森是一個模樣斯文、個性穩重的大學副教授，初次相見，她就認爲蜜雪兒跟文森眞是郎才女貌，極其登對。

「巧克力蛋糕吃太多，不怕膩嗎？」

羅蓓卡取笑蜜雪兒，當時。

「一直喝伯爵茶，也無味啊，最好兩者一起……可是，我做不到，爲什麼有些女人可以輕鬆腳踏兩條船？我不行啊。」

蜜雪兒發起呆來，柔軟天眞的聲音低低說著。

羅蓓卡抽著菸，心想，自己也做不到兩者兼顧，劈腿兩個人很累吧?!一定比同時做兩道菜疲勞。

「不過，伯爵茶先生好像已經感覺到巧克力蛋糕的存在……巧克力蛋糕男逼我做決定……最近，我快被他逼瘋了，連我在伯爵茶家裡，他都拚命傳簡訊，我還要從床上跳起來接電話，躲到客廳偷偷講電話，原本協定那時間他不能打電話、傳簡訊給我的，他突然充滿脅迫性，可是那也代表他很在乎我吧?!」

「……」

「跟伯爵茶在一起三年了，一直都很穩定，他很好，我不知道我會不會再找到這樣的好男人……」

蜜雪兒露出甜甜的笑，沮喪的神情一閃即逝。

「巧克力蛋糕呢？」

「呵呵，我也不知道我會不會再遇到這麼好味道的極品蛋糕了……」

「那，蜜雪兒……妳現在最喜歡哪一個？」

「我喜歡芋頭粥。」

「喂！」

「哈哈，眞想跟芋頭粥結婚算了。」

「呆子。」

「眞的嘛！我才25歲，伯爵茶已經35歲，他家裡希望我們趕快結婚，壓力眞大，而且我又不會講台語，根本不知道怎麼跟他媽媽聊天。」

「25歲結婚，在台北市，是算滿早……可是，男人35歲確實是適婚年紀了。」

「就是啊，巧克力蛋糕比我小四歲，又還沒當兵，未來不知道會變成怎樣？說不定變成巧克力果凍，強壯的巧克力果凍喲，嘻嘻。強壯的巧克力果凍？不就變成冰棒了嗎？」

羅蓓卡聽著蜜雪兒搞笑的比喻，大笑出聲。

事實上，巧克力蛋糕提供挑逗性的濃郁性愛比起保守的伯爵茶刺激太多，蜜雪兒吃完芋頭粥時小聲透露；而伯爵茶的魅力是穩定安神的功效，只是沖了幾泡，就不再有味道；於是，每次吃完巧克力蛋糕，蜜雪兒即使充滿發胖的恐懼，仍捨不得那甜膩的口感。

「用感官比較男人？我是不是太膚淺了？」

蜜雪兒無辜的笑容，還停格在那一夜吃芋頭粥的鏡頭。

三個月前，蜜雪兒打了通電話來說：「羅蓓卡，跟妳說，我們訂了很漂亮的喜餅喔，妳什麼時候有空？送去給妳。」

那段時間，羅蓓卡除了因爲公司新發行的雜誌業務忙得喘不過氣，同時間也困擾男友賈瑞爲了前妻和女兒妮妮看見他們手牽手的逃避情緒，低潮不已，沒時間也沒力氣細問蜜雪兒的結婚決定，但，蜜雪兒顯然選擇了適合伯爵茶飲用的英式包裝的喜餅禮盒，三天後，快遞到她住的地方，那是有可愛浪漫碎花圖案的喜餅，非常適合下午茶享用，裡面包裹著各式口味的餅乾，當然不缺巧克力口味。

細雨的週末午茶時間，羅蓓卡盯著一大盒喜餅，賈瑞的電話打了幾次都不通，盯著浪漫華麗包裝的喜餅，想起賈瑞說：「我經歷過婚姻的傷痛，到現在還不能恢復……」羅蓓卡發呆了半晌，決定轉個情緒，把喜餅帶去給假日還在公司加班的同事們，沒想到在敦南誠品書店門口下車，迎面而來正是送喜餅的新郎文森，文森剪了頭髮，模樣看起來清爽極了，頓時小了五歲，彷彿跟她同齡。

文森笑著說：「嗨！羅蓓卡，好久不見！」

溫柔靦覥的笑容，隱隱約約飄在風中，有奇妙的熟悉感，她剛認識賈瑞，賈瑞總是笑盈盈地偷偷注視著她，兩人眼神一碰觸，賈瑞立刻低下眼，就像這樣靦覥溫柔。

「羅蓓卡，妳眞的覺得魔羯座的男人是不是很犯賤？」

走出廚房，蜜雪兒盯著緯來日本台的節目「料理東西軍」，突然說。

蜜雪兒指的是前夫文森吧？離婚後，蜜雪兒就不再叫他的名字，總以「那個男人」來稱呼。羅蓓卡正尷尬，不知道該如何回答，蜜雪兒看著螢幕上的甜品，語調立即興奮起來。

「哇，那蜂蜜草莓布丁好好吃喔。」

「可是，我也好想吃那個巧克力慕絲的甜餅，還有那個冰淇淋，簡直棒透了。」

蜜雪兒轉頭問她。

「羅蓓卡，如果是妳會選擇哪一種？」

「怎麼問我？我不大吃甜點的。」

「說的也是，不過我選的喜餅不錯吧?!不要跟我說妳沒吃喔。」

「很棒啊，有很多口味，而且有很漂亮的包裝。」

「就是啊，那個男人竟然取笑我太浪漫，哼。」

「哈哈。」

「說眞的，魔羯座的男人眞的很奇怪呢，我們在一起的時候，他喜歡做菜，也知道我不會做菜，那時候他跟我說，沒關係，他會做菜給我吃，卻在結婚前買了一套食譜給我，要我試試看。」

「買食譜給妳？」

「對啊，那個男人希望他媽媽來我們家的時候，我可以像賢淑的媳婦。」

「眞的嗎？他不像那種男人啊，也許他只是希望他媽媽對妳有好感……」

說不愛了就分手，是最乾脆的一種吧。
就像一條繩子兩邊用力拉扯到一半，突然頹然無氣，彼此點頭決定放手。

水瓶鯨魚 長篇愛情小說　《我的感情名單》　FACEBOOK LOVE STORIES　　大田出版

「羅蓓卡，我感覺妳好了解他喔，他就是這樣對我說。」

「神經病！」

「哎呀！我忌妒會做菜的女人！我討厭會做菜的女人！」蜜雪兒尖聲叫了幾聲，接著望著她，嘟起嘴又溫柔地笑：「人家要吃芋頭粥啦！餓都餓死了。」

「……都忘了，應該可以吃了。」

羅蓓卡走進到廚房，剎那間，忽然發現自己其實一點也不了解蜜雪兒，那甜美笑容裡的每一句轉折，都像破音字，很怪。

「料理東西軍」的節目播出來賓面對哪一種甜點的投票選擇的緊張一刻，插播了廣告，蜜雪兒舀起一湯匙粥吹著氣，吹著氣，在廣告播放時，再一次問：「羅蓓卡，妳會選擇哪一種？」

「妳又來了……」她笑著。

「對喲，我又忘了啦，妳不愛吃甜品……」

喝了一口粥，蜜雪兒自言自語。

「也許，當時我應該選擇『巧克力蛋糕』，爲什麼那時候我沒有選擇呢?!那麼，我就不會像現在這麼痛苦……我從來沒想過伯爵茶會背叛我。」

之前，同圈子的朋友間已傳說很久，蜜雪兒在婚前發現文森有外遇，最後兩個人還是決定如期結婚，婚禮在圓山飯店熱熱鬧鬧開了一百多桌，一些北區的立委都去了，因爲文森的家族背景。

「說眞的，就因爲喜帖發出去了，所以就結婚嗎……這樣，有點草率。」

「妳不覺得那個男人更草率？都愛上別的女人，爲什麼還要跟我結婚？」

「……」

「三年的感情像假的一樣，這樣結婚和離婚，好像日本偶像劇喔。」

蜜雪兒笑出來。

「可是……妳之前也背叛過他啊，和巧克力蛋糕在一起啊，這樣想，比較公平……也比較舒服吧？」

羅蓓卡試著安撫蜜雪兒的情緒。

「沒有比婚禮前一週的背叛，更殘忍的事了。」

蜜雪兒語氣堅定的，看著她，頓了頓。

「而且，再沒有比同時被自己的好友背叛，更糟糕的事。」

「嗯。」

「羅蓓卡，我寧願那女人是妳。」蜜雪兒突然說。

「蜜雪兒……」

「羅蓓卡，是妳就好了，至少妳會做讓我幸福的芋頭粥。」

「這，什麼話?!」

「開玩笑嘛！」

蜜雪兒一笑。

「如果眞的是妳，我以後就無法吃到這粥了，就再也不會幸福了。」

「呆子！」

「嘻嘻，謝謝妳的粥，好好吃喔。」

看見蜜雪兒把整碗粥喝得一乾二淨，身爲廚師的滿足感，又浮光掠影穿過腦中，這一剎那，不知怎麼，一點也不扎實，羅蓓卡想起第一次爲蜜雪兒做芋頭粥，蜜雪兒甜膩可愛的表情像小女孩般，不知道是因爲芋頭粥，還是那個「巧克力蛋糕」。

「如果眞的是我呢？蜜雪兒，妳還願意喝我的粥嗎？」

羅蓓卡神來一筆，想問。

「不・願・意。」

意外地，竟是斬釘截鐵的聲音，蜜雪兒盯著「料理東西軍」片尾快速打上工作人員字幕的電視螢幕，接著嘆口氣。

「我不願意再見到那個女人。」蜜雪兒甜美的聲音兇悍起來。

蜜雪兒說的女人，是傳聞中文森的外遇阿嫚達，蜜雪兒的高中死黨。

「從來沒想過那個男人竟然會在結婚前夕跟她說：『我不能不結婚，可是我保證會在三個月內跟蜜雪兒離婚，請妳一定要等我，我會給妳幸福的。』更無恥的是，那個賤女人竟然打電話來跟我講這些話。」

「……」

「她是示威吧?!多像連續劇啊?!」

「……」

「超可笑的是，同一段時間，那個男人跟我說，他會想辦法和那個賤女人分手哩。」

羅蓓卡發著呆，蜜雪兒的語氣又恢復柔膩撒嬌的口吻，嘻嘻笑，站起來，幫她把桌上空碗收到廚房。

「哎呀，不用洗，放在水槽就好。」

「羅蓓卡，妳眞好，其實我也懶。」

「我知道。」

「嘿！其實，我一直覺得羅蓓卡和文森好適合，烏龍茶可以去除芋頭粥的油膩呢……」

「我什麼時候變成芋頭粥？」

「哎喲，反正是妳，不是她就好了。」

「又說這種話，是我的話，妳就幸福不起來了！」她笑著。

「開玩笑嘛，別介意啦！我要走了，等一下還有一攤，老闆要請公關公司的經理吃飯，我得去晃一下。」

送到電梯門口，跟蜜雪兒揮手，電梯關了門，忽地又開啓，羅蓓卡看著蜜雪兒右手按著電梯開門按鍵，表情奇異。

「羅蓓卡，眞的不是妳吧?!」

「啊?!」

「其實，我聽到傳言的女主角不只是阿嫚達……還有妳，只是阿嫚達打了電話給我……」

羅蓓卡愣了一下，然後，用力地說：「蜜，雪，兒，小，姐……妳想太多了吧?!我怎麼可能?!哪一國的傳言?!」

「嘻嘻，開個玩笑嘛，別生氣，就知道妳會有這種反應，哈。」

蜜雪兒吐吐舌頭又露出一貫笑容，揮手。

「掰掰啦，謝謝妳的幸福芋頭粥喔！讓我好幸福喔！」

最後一句，「幸福」兩個字已隱隱約約消失在電梯裡，聲音薄弱。

羅蓓卡頓時覺得虛脫，而且感覺荒謬。

這世代，幸福，是一種口頭禪吧?!

隨隨便便就可以給予幸福？得到幸福？

兩個字，說得這麼輕易？

比自動門「卡嚓」一聲還輕易？

喝一碗粥或做一次愛，就是幸福？

羅蓓卡嘆了一口氣，又嘆一口氣。

事實上，羅蓓卡沒有說實話，因爲她一點也不願意對蜜雪兒承認，當她提著喜餅在敦南誠品書店那一個午後遇到蜜雪兒的文森，他們一起喝咖啡，也上了床，喜餅不小心遺忘在兩個人擁吻的計程車上，那天是蜜雪兒與文森結婚前幾天，婚前就那麼一次。

文森在第二天打電話給她，說的正是那句阿嫚達也聽過的誓言：「我不能不結婚，可是我保證會在三個月內跟蜜雪兒離婚，請妳一定要等我，我會給妳幸福的。」

今天，她證實了「幸福」這句口頭禪，原來這對交往三年的情侶都有這句口頭禪。

羅蓓卡做錯的第二件事，是在蜜雪兒和文森離婚後，給了機會讓文森再次到自己的家，那時候，羅蓓卡和男友賈瑞處在一個低潮情緒，文森深夜打了電話來，說想見她，語氣極度頹喪，羅蓓卡就心軟了，但，這也是羅蓓卡和文森最後一次碰面。

爲什麼會答應？

羅蓓卡不是沒有背叛好友的罪惡感，只是，只是，從第一次見到文森就產生了某種不知名的曖昧情愫，可能就像自己和蜜雪兒太接近的飲食品味、也可能潛意識想確認文森說的那句濫情的情話是否是眞的、搞不好也想印證蜜雪兒口中所謂「伯爵茶第二泡」的滋味，很遺憾，第二次碰面後，羅蓓卡意外發現自己在乎的竟不是新名字阿嫚達，而是蜜雪兒。

而現在，羅蓓卡感覺「幸好」，對，眞的幸好，她做對了選擇，她過去幾個月沒有坦承告訴蜜雪兒自己的心情，今天的電梯即興演出也控制得當，雖然她曾幾次欲言又止……幸好。

因爲，文森根本不值得她這樣做。

蜜雪兒吃粥的幸福表情，那般直率坦白，比那個充滿婚前恐懼症、拚命想證實自己魅力的男人文森，踏實太多。

Vincent

Frank Jau
Hames Ho
Candy Lin
Vincent Yang
Cathy Wang
Michelle Wu
Frank Jau
Arlena Tsai
Jimmy Li
Kristy Lou
Arlena Liou
Vincent Lee
Vivian Cheng
Noel Hsu
Vincent Kao
Wynne Tang
Vincent Chang
Michelle Huang

文森的印記

每次聽到或看到文森這個英文名字，愛琳娜總是情不自禁心跳。

愛琳娜是一家知名公關公司的經理，多年媒體工作經驗與感情挫敗，養就好本事，接過新名片，愛琳娜通常若無其事，微笑。

「你也叫文森，我遇到很多英文名字叫文森的朋友呢。」

懷才不遇、優柔寡斷，幾乎是愛琳娜認識所有名字叫做文森男人的特質，但她很少當面說出口，因爲其中幾個文森，是自己過去的男人，她不想一認識新的男人，就揭發底細與內心感慨，眞的，會爲自己取英文名字文森的男人，都有某種奇妙特質……或者是愛琳娜的問題，她的磁場，老是吸引擁有這種體質的文森。

第一個文森，和她同年紀，至今留下的甜美痕跡，如同那首同名西洋老歌。

雨天午後，男人在台北南區師大路一間分租的舊雅房撥弄木吉他的琴弦，深情款款唱這首歌送給少女時期的她，男人有一雙極特別的單眼皮，長長的，凝視著她的眼神，充滿晶瑩的笑意。

Starry, starry night
Paint your palette blue and gray.
Look out on a summer's day
With eyes that know the darkness in my soul……

滿天星星的秋日深夜，雨停了，風很涼，她跟他裸身相擁躺在床上，音樂在窗口輕輕走動，炙熱的溫度同第二年的流星，快速消失在兩個人之間，一片沉寂。

偶爾想起他，她忍不住想起梵谷那隻被割掉的耳朵，畫布裡被白色的布包紮起，跟私人醫院白色冰冷的床，一樣色系。梵谷的眼睛看著不知名的遠方，麻醉後，她下體溫熱的生命液體，也往莫名的星球迅速移動。夢一樣。

文森說：「對不起。」

幾年後，成熟一點了的第一個文森忽然隱約體諒女人青春期獨自一個人去醫院的心境，跑來看她，談起愛琳娜一點也不願回顧的往事。

文森：「對不起。」

在西藏失蹤半年的前夫文森，回台灣後，約她出來吃飯；「對不起」也是他的第一句話。

前夫，是愛琳娜認識的第二個文森，一個比她大三歲的攝影師。

婚後半年，男人有一天認爲這是自己生命中很重要的時期，他需要思考自己的未來，他是不是還要繼續拍照，他有沒有機會成爲另一個瞬間攝影大師布列松（Henri Cartier-Bresson）？他會不會是？要不要走這條路，男人焦慮的模樣，是因爲前中年期恐懼症？還是後青春期感傷？不得而知。

只是餐桌上講及西藏風土民情給他生命的衝擊，他必須再回到西藏繼續拍照⋯⋯半晌，一個大男人竟緊緊抱住她哭了說出這句話：「好寂寞，眞的，一個人好寂寞。」

隔一天，愛琳娜借給前夫三十萬塊錢，前夫卻在兩週後去了紐約，只在她的手機留言：「也許紐約是我另一個生命的出發點，回來再給妳電話。」

第三個文森，他們約會過三次，搞房地產的，某企業家第二代，兩個人牽過手、接過吻，還沒發展到上床；回想起來，愛琳娜幾乎忘了他的長相，甚至不太記得他的英文名字，她都叫這個男人志明，第三次約會的隔天午後，陪一個廣告業年輕的業務蜜雪兒去挑選結婚喜餅，蜜雪兒好奇問起志明的英文名字，愛琳娜想起皮夾有男人的名片，唔，陳志明的英文名字是Vincent，蜜雪兒像看到魔術表演般驚喜：「哇，我們和叫文森的男人都好有緣分喔！」

蜜雪兒的這句話，其實讓愛琳娜有點不舒服，雖然她不得不承認，自己的前夫叫文森，蜜雪兒即將結婚的老公也叫文森，唔，喜歡〈Vincent〉這首抒情老歌的男人也太多了吧？

世界上有多少男人，是因爲這首歌曲，幫自己取名爲文森？

她對搞房地產的文森，從此失去興趣。

遇見第四個文森，是幾個月後某日下午蜜雪兒突然打電話來告訴她，她的前夫從紐約回台灣後在福華飯店開了一個攝影個展，染了一頭燦爛金髮，記者會非常風光，愛琳娜的眼淚當場掉了下來，因爲她完全不知情。

當晚，愛琳娜卻在酒吧碰到了第四個文森，文森主動和她打招呼，這個文森比她年輕九歲，是雜誌社的攝影師，因爲一次採訪她，她隱約有印象。

那一夜，她跟年輕的文森喝足五杯威士忌，文森送她回家，她在路邊吐了好幾次，文森貼心地等她走進大樓門口才離開。

這麼糗的事，第四個文森卻毫不介意，約了她好幾次，兩個人總是在下班後去喝酒，去播放搖滾樂的學生酒吧喝酒，談音樂與年少往事，完全不提各自情感。

對於年輕的文森，她有一點警戒和好奇，警戒的原因是他叫文森，和前夫同名，並且都熱愛攝影；好奇的理由，來自他有無法言喻的熟悉感與新鮮感。

「妳應該聽聽Guillemots的音樂。」

年輕的男人興奮地送她一張Guillemots 專輯。

Guillemots是一個年輕的英國樂團，前夫文森很喜歡他們的歌曲。

於是，每夜愛琳娜總是聽著Guillemots入眠，甚至到唱片行買齊Guillemots每張唱片，這是她跟前夫在一起，從不曾做過的，愛琳娜和這個文森越來越親近……包括傾聽年輕文森對於公司年長女主管追求他的感情困擾，也因爲這樣，愛琳娜掛記起自己的年紀，動彈不得。

每次在酒吧喝完酒，年輕的文森都會騎摩托車送她到家門口，把爲愛琳娜準備的安全帽收回座墊下，兩人欲罷不能又在門口聊了半天。

那是一條奇妙的線，無法跨越，心動，卻無法把心赤裸裸掏出。

慾望層層剝落，覆蓋了整條夜深的街，雪花一般，兩個人站在街上一角冰涼的兩端，笑看彼此，最終還是要說：「Good Night。」

前夫打電話來：「聽說妳交了個男朋友，非常年輕。」

她只是一笑：「不是我！是你吧！聽說是年輕女孩，叫凱西吧，我聽朋友說了。」

前夫沉默不語，立即掛了電話，隔一天開會遇到蜜雪兒。

「蜜雪兒，妳和文森提到我的事嗎？」愛琳娜指的是前夫文森。

「哪個文森？喔，對不起，那天我心情太差，參加一個朋友餐廳的開幕酒會，遇到文森，我喝醉了，文森一直問，我忘了講了什麼。」

蜜雪兒伏在愛琳娜的肩頭哭起來，說她和老公交往了三年，結婚才三個月就離婚，都已經離婚半年了，她以爲自己可以很堅強，嘴巴上或許常愛開玩笑說「我可是個哀怨的離婚少婦」，其實還沒脫離被劈腿的痛楚。

「他劈腿也就算了，竟然跟我的高中死黨在一起。」

蜜雪兒哭很久，很久，淚濕她肩頭的T恤，愛琳娜只能輕輕地抱了抱蜜雪兒。

唉，女人。

記得作家張愛玲說：「女人都是同行。」

有時候，她不知道該爲這句話表示讚美還是感慨。

同行，事實上，也代表相互了解實力與底細的競爭者。

不是嗎？

幾個月後，當她看見蜜雪兒與文森，那個年輕雜誌社攝影師文森與蜜雪兒兩個人親密地走在忠孝東路街上時，她嚇了一跳。

愛琳娜正挽著大學同學法蘭克的手臂，在街頭看到文森與他身後的蜜雪兒，不知道爲什麼，當時愛琳娜忍不住立刻把手從法蘭克臂彎抽開，跟法蘭克保持一定距離，看著年輕的文森，她跟文森有將近兩個月沒見面了。

文森打量一眼法蘭克，視線回到愛琳娜身上，靦覥地笑著：「好久不見。」

愛琳娜也笑：「好久不見。」並介紹了一下法蘭克、文森與蜜雪兒。

蜜雪兒躲在年輕文森後面說：「嗨。」表情很奇特。

愛琳娜也只能：「嗨！」

閒扯兩句，大家就各自離去。

法蘭克是無法了解她的心事的，愛琳娜一時無法解釋，只覺得茫然，好像街上那一片片冰冷的雪花在臉上融化成冰水，她還記得許多夜晚在她家的大樓前，文森仔細把安全帽收入機車座墊下的置物箱，Guillemots在空中繚繞著高音，蜜雪兒訴說離婚的眼淚在肩頭濕淋淋的。

文森跟蜜雪兒是在一起的吧?!

文森和蜜雪兒怎麼會在一起？

她根本無法攻入文森的心房。

也許文森根本不喜歡她，她太老了吧？

也許文森喜歡蜜雪兒這樣的年輕女孩，就像前夫文森也交了一個年輕女友。

可是，爲什麼呢？那幾個月，她和文森在做什麼？

可是，又爲什麼，她和文森會有幾個月沒連絡？

對了，是出差。

文森說要去台東都蘭住半個月，要採訪一些藝術家；接了一個香港的案子，她也來回跑了香港好幾趟，上個月疲累地決定去京都度個小假，意外在機場遇到十多年沒見的法蘭克，法蘭克是大學時代初戀男友文森的死黨，他們曾經有過一小段曖昧，最後愛琳娜決定和初戀男友文森在一起，說起這段往事，愛琳娜忍不住內心波動，已經許久沒遇到和自己同年齡又有許多共同青澀時代共同瘋狂回憶的男人……就這樣莫名連結，即使法蘭克已婚。

深夜，瑟縮在家裡，愛琳娜想了很久，窗外的雨一直一直下，空氣冰冷地一樣包圍著她，她打開音響，Guillemots的音樂響起，她從冰箱深處找出法蘭克上週帶來的一小塊麻磚，撥開錫箔紙，學法蘭克抽出信用卡細細磨起來，並打開法蘭克留下來的半盒菸。

前夫文森打電話來：「愛琳娜，妳在家嗎？」

他想借二十萬元周轉，攝影展並不如媒體報導風光，照片都沒賣掉。

愛琳娜把一支菸草從菸紙裡慢慢卸下。

「很抱歉，我現在真的沒那個錢，我現在每個月還有房屋貸款。」

媽媽打電話來：「妳弟弟需要十萬元，他的卡債不能不處理……」

愛琳娜表示想辦法。

細細的菸草清楚地落在桌上的白紙上，Guillemots的嗓音柔順得飆到高音。

她一面將麻磚細碎的粉末混入香菸的菸草中，慢慢塞入紙菸管裡，關掉手機，開了家用答錄機。

Guillemots，真美的音樂。

「小愛……我是文森，妳不在家……唉，好吧，我再打給妳。」

是年輕的文森在答錄機留話，他私下總喜歡叫她小愛。

今晚，他要說什麼呢？她一點也不想知道，或許怕知道。

把菸鬆了鬆，在桌上輕敲，她用舌頭舔了舔紙的細縫。

「愛琳娜，我是蜜雪兒……」

眞不想接電話，可是蜜雪兒是客戶，蜜雪兒要談今晚的偶遇？還是後天那個化妝品派對的香檳贊助廠商？蜜雪兒中午曾經說晚上給她電話。

愛琳娜笑了，拿出打火機，點了火，呼了一口菸，接起電話：「嗯。」

「愛琳娜，我以爲妳還沒回家……嗯嗯，今天很意外遇到……」蜜雪兒停了兩秒，如同猜測，蜜雪兒極其直接：「之前沒告訴妳，因爲我以爲文森會跟妳說，後來我才知道他沒說。」蜜雪兒說的是年輕的文森。

「沒關係，你們戀愛不一定要跟我說啊……我和文森又沒怎麼樣，只是朋友而已。」她呼一口菸，沉浸在裡面，音樂模糊起來。

「你們，眞的沒怎樣嗎？」蜜雪兒語氣充滿質疑。

愛琳娜呼著菸，老想起文森在她家樓下把安全帽收進機車座墊裡的動作，那時天氣好冷，他們還講了很多話，年輕男人遲遲不走。

「眞的沒怎樣啦，我們連手都沒有牽過……」愛琳娜瞬間忍不住想開玩笑：「誰叫妳和我都跟英文名字叫做文森的男人都很有緣分？」

蜜雪兒沉默半晌，突然以哽咽聲音：「可是，可是我好生氣喔！」接著哭起來：「其實，今天是文森先看到妳，我才發現……因爲他看到妳之前，他的手是搭在我的肩膀上，他忽然放下……我覺得奇怪，順著他的視線，我才看到妳。」

「蜜雪兒不要哭……文森可能是不好意思吧。」

愛琳娜不知道爲什麼要這樣安慰蜜雪兒，可是覺得此刻的蜜雪兒眞的很可愛，她很喜歡文森吧，這麼直率，眞好，年輕眞好，幾個月前蜜雪兒常陪自己和文森一起喝酒，蜜雪兒酒量很差，總是提早走，但言談間多少知道自己和文森有一種似有若無的情意……唔，雖然沒說出口，應該感覺得到吧？算了，年輕女孩，搞不好沒察覺，哎，Guillemots的貝斯聲聽起來，眞是動人。

「愛琳娜，對不起，我眞的很愛他……」

蜜雪兒會說對不起，顯然比想像中敏銳，蜜雪兒是聰明女孩，對，並非不知道自己和文森的曖昧。

「傻瓜！我知道啊。」

話說回來，文森終究選擇了蜜雪兒，一個碗不會響。

26歲的蜜雪兒和28歲的文森，37歲的自己也太老了……愛琳娜繼續抽著菸，事實上，今天看到文森那一瞬間，她也不自覺把手從法蘭克手臂抽出，自己也無法解釋爲什麼要這樣做，不過法蘭克是自私的男人，他很少在意別人，一點也不重要。

蜜雪兒在電話裡繼續哭著，細說她和文森怎麼開始的故事。

愛琳娜其實有點感動這樣的眞情，幾乎也想掉下眼淚，又覺得自己實在無聊。

Guillemots的專輯播到第八首，她忽然想起那些叫文森的男人們，溫柔與懦弱，堅韌與逃避的性格，她總被這樣的男人吸引與傷害，然後僞裝堅強。

她有病吧，不，這是自己糟糕的弱點啊，她哪打得贏年輕女孩？

新來的員工茱莉安娜，才25歲，每天濃妝、戴著兩層厚厚的假睫毛，穿著爆乳低胸上衣、露出長腿的迷你裙，從不避諱自己割雙眼皮、打脈衝光的微整形手術，在部落格沸沸揚揚書寫，還熱中計劃出版一本美容經驗書，公司所有年輕女同事簡直把她當大師。

這世界日新月異，永遠有20、25歲青春無敵的女孩在事業上、感情上嗆聲；37歲的自己，運氣好的話，是朵燦爛盛開的花，同時充滿凋零的準備。

愛琳娜非常瞭解自己的敵人，不是年輕的蜜雪兒或茱莉安娜，是自己，是文森，這名字像身體上的胎記，雷射都無法消除。

她老是忘記這件事，直到不斷被提醒，不斷傷感，不斷清晰。

就像這管菸，她忘了自己不再是瘋狂叛逆的20歲女大學生，這麻味讓她想吐又吐不出來，不舒服。

「好好睡吧，沒事的。」

愛琳娜用力熄掉菸，忍住吐，大笑了起來，跟蜜雪兒說，真的沒事的，醒來就沒事了。

同時對自己說。

是的，她再也不會去嘗試跟叫文森這類的男人在一起，沒這能耐了。

對於當梵谷的情人，想到那只耳朵，她一點興趣都沒有。

眞的，一點也沒有。

Susuki

Terry Wang
Frank Jau
Rebecca Wang
Ingrid Su
Arlena Liou
Arlena Tsai
Suzuki Ichiro
Ingrid Tang
Gary Yuen
Christy Yeh
Vincent Wang
Cathy Wang
Frank Jau
Vincent Chang
Miya Chen
Ben Huang
Ketty Wang

鈴木的手帕

做麻油雞麵線的時候，切著薑絲，不小心，把左手食指切了一小塊。血，頓時湧了出來，大片大片紅色淌在白色的砧板上，花朵般紅豔地暈開。

英格麗提著手指，走出廚房，膩聲說：「我切到手指了。」

法蘭克正坐在客廳的沙發專注地研究下午新買的手機上網功能。

「啊，怎麼這麼不小心？快去擦藥吧。」

法蘭克微微抬了抬頭，繼續低下頭把玩手上的手機。

「嗯。」

英格麗又走回廚房，把食指放在水龍頭下沖水，才開始感覺有刺痛感。

坐在鈴木對面，不知道爲什麼會想起這件事。

已經兩個月了，手指的傷口，其實癒合得滿快，食指只留下薄薄的淺紅色線條；英格麗用印有淺紅色線條的手指舉起酒杯，把最後一口威士忌喝乾。

鈴木把手肘擱在桌上，抽著菸，柔聲問：「還要再一杯嗎？」

英格麗搖搖頭，凝視著這個男人的臉。

鈴木溫柔地看了她一眼，英格麗眼淚就掉了下來。

「怎麼了？」

鈴木慌忙地把口袋裡的藍色格子手帕掏出來。

「沒事。」

英格麗慢慢地擦掉眼角的淚，看著摺疊整齊的手帕，笑出聲來。

「好久沒看到男人用手帕了，這，好像是恐龍時代的事情呢。」

鈴木靦覥地笑。

「我習慣了。」

就像在阿拉斯加挖到長毛象牙齒化石一樣，英格麗瞬間對這個日本男人充滿好奇。

「你的手帕都是自己洗的嗎？自己摺疊好？每天帶手帕出門？」

鈴木點點頭。

「好奇怪喔，你們日本男人眞奇怪。」

「爲什麼？」

「我認識的男人都不帶手帕的，身上會有面紙就很了不起了呢。」

「應該也有男人會帶手帕吧，只是妳沒遇到吧。」

「可是，很少男人像你這麼溫柔啊。」

「這……」

鈴木臉紅地說不出話來。

發現鈴木是一個很會臉紅的男人，是這幾天到上海來度假的事。

幾年前，在台北認識這個到師大來學中文的日本男人時，是英格麗跟從京都唸書回國的男友法蘭克正處於熱戀期，因爲隨同法蘭克參加一堆充滿日本人的派對，她才認識這個男人，記憶中，鈴木是一個活潑又細心的男人，只是中文不是很流暢，和現在中文書寫流利的程度差異很大。

不過，鈴木愛吃麻油雞麵線這件事，英格麗倒是印象深刻。

和法蘭克剛結婚的台北初春，英格麗和法蘭克邀請一堆朋友到家裡開派對，她煮了一鍋麻油雞麵線，鈴木連吃兩大碗，湯都喝到淨底，直嘆他這輩子沒吃過這麼好吃的食物。

食物向來清淡的日本人，會喜歡這種上火的東西，她眞的極意外；更意外的是，鈴木回日本後第二天就寫Mail給她。

自此，英格麗和鈴木通了兩年的Mail，在Facebook的美食社團，他們是彼此的網友，不時分享著美食照片和廚藝。

「上海開始飄雪了，我想起那一年台北的冬天在妳家，如果這一輩子還能吃到妳做的麻油雞麵線，此刻，我眞的死而無憾。」

去年冬天，鈴木因爲工作搬到上海，在給她的Mail用中文字忽然寫了這樣的一段話，正值英格麗發現法蘭克外遇時，寒冬雨夜，她抱著不知名的痛楚哭了許久。

「上海非常棒，有很多漂亮的花園洋房、有趣的咖啡店、好玩的酒吧和一堆美食唷，妳要不要到這裡來玩？十一月份，我有一週的假期，可以招待妳。」

深秋，打開電腦看著鈴木的Mail，英格麗看著法蘭克Facebook的留言板，法蘭克的大學同學愛琳娜已經很久沒留言，上個月他們還因爲在網路相認公開打情罵俏，這個月兩個人突然安靜無聲……英格麗不禁嘆了一口氣，她太瞭解法蘭克，安靜，其實意味著他們已經開始私下發展了吧。

「妳不要這樣……」

「那你要我怎麼樣？」

放爵士樂的酒吧，是法蘭克向英格麗求婚的地方。

今晚，他們依然坐在同一張桌子，喝著杯緣抹著柑桔皮的調酒曼哈頓，熟悉的酒精濃度裡，竟有不知名的苦澀，從滾燙的胃液氾了出來。

「我跟我大學時代女朋友見了面。」

「然後呢？」

「她說她想跟我在一起。」

「嗯，那你怎麼想？」

「我不知道。」

「不知道？」

用「不知道」這三個字和結婚三年的老婆說心事，是當她老婆？還是朋友？英格麗非常用力地眨了眨眼，心想面對一個「太誠實」的男人，她簡直覺得自己像一口被淹沒的井，淚水是陰天裡一只關不掉的水龍頭。

這個水龍頭的故障毛病，如同台灣沒有整治好的河川一樣，幾經颱風總是淹水成災，而，幾年水患沒讓台灣記取教訓，反而習以爲常，似乎颱風一來就會淹水，就像法蘭克工作壓力一大，就容易有外遇。

感覺到自己長年的忍耐轉變爲「習以爲常」時，英格麗斷然下了一個決定，跟公司請了一週假期，到上海去找鈴木。

對於突如其來成眞的提議，鈴木像小孩子一樣興奮地回Mail，細細詢問她想到哪裡玩？想不想去杭州和蘇州？她想怎麼安排假期？讓她苦悶的感情生活安心許多。這是一個溫暖的異國友人。

秋天的上海，道路兩旁的法國梧桐垂著燦金葉子，田之坊石庫門弄堂或法租界的老洋房充滿特殊異國情調。

英格麗跟鈴木一家咖啡店喝過一家咖啡店，一家小酒吧試過一家小酒吧，鈴木陪她逛了許多有趣的商店；他們還在一家法國人開的小小的法式餐廳吃正宗法國菜；一家手工製造的小店，買了一個以鐵絲製作的很裝置藝術的小鐘，英格麗愛死了那個鐘，鈴木原本想付錢送給她，她拒絕了，並呵呵笑。

「中國人是不能送朋友鐘的，因爲鐘與終同音，是死亡的意思。」

「啊，這樣嗎?!」

鈴木傻傻地笑起來，然後說：「那，我要送妳另一樣禮物。」

「什麼禮物？」

「不能說，晚上回家就知道。」

「好吧。」她又笑：「那晚上，我煮你最喜歡的麻油雞麵線給你吃。」

「啊！」

「怎麼了？」

鈴木奇妙的臉色一閃而逝，立刻開心說：「真的嗎？」

「當然是真的。」

英格麗笑著炫耀：「我問過上海的台灣朋友，上海的『城市超市』有賣台灣黑麻油、紅標米酒和麵線，我上網查過地圖，記得你家附近好像有一家。」

「我帶妳去買。」

傍晚的超市，雞肉賣光了，英格麗買了一盒五花肉，把五花肉切成條狀，加入黑麻油、鹽巴、黑胡椒粉略醃漬；壓扁蒜頭、把蔥切段、老薑切絲，在鈴木住處的小廚房，熱了一點芝麻香油，爆香薑絲和蒜片，倒入黑麻油，再將五花肉放進熱鍋中翻轉，五花肉煎得有點焦，香味頓時滿溢廚房，她立刻把蔥段丟入，油鍋吱吱的叫，幾聲油爆濺到她的手指，英格麗緊接把高湯倒入鍋中，等待沸騰，好加入鹽巴、麵線與打散的雞蛋。

鈴木忍不住走進廚房說：「哇！好香。」

英格麗揉著被油濺到的手指，笑著說：「對啊，等一下就可以吃了。」

看著英格麗手指的動作，鈴木問：「怎麼啦？」

「沒事。」

英格麗微笑：「對了，你有沒有冰塊？」

「有啊，在冰箱。」

「怎麼啦？」

「哎呀！女人做菜，男人不要進廚房啦，討厭！」

英格麗開玩笑著把鈴木推出廚房門口，關上門，然後打開冰箱找冰塊，準備敷一下她被油燙傷的手指，卻發現冰箱冷藏室有一個黑色的瓷器盒愼重地蓋著蓋子，她好奇地打開，那是一盒裝約20個花壽司，看起來像早上才做的新鮮度，稍微翻過，從側面可以看到壽司海苔內包裹的東西，蛋、魚卵等，都是她在台北的日本料理店每次必點的菜色。

英格麗愣了一下。

鍋裡麻油麵線的湯滾了，她把冰箱關上，把米酒、黑麻油灑進麻油麵線裡，十秒鐘後關火，盛進大瓷碗裡面，端到客廳的桌上。

「好香。」

鈴木深深吸了一口氣。

「嗯。」

「妳找到冰塊了嗎？」

鈴木關心地問。

「找到了。」

「妳怎麼了？」

「沒什麼，被油濺到而已……」

「我看，哎呀，手指都腫了，好嚴重……」

鈴木摸著英格麗的手指，擔心地掏出手帕說：「妳等一下。」

立刻到廚房把冰塊盒拿到客廳，倒出冰塊放入手帕裡，緊緊地裹入她的手指。

「很痛吧?!對不起，讓妳幫我做麻油麵線……」

鈴木心疼地說。

英格麗默默搖搖頭。

「一定很痛，妳看手指都紅了，等一下我幫妳擦藥。」

那條紅色細線，是兩個月前，她幫法蘭克煮麻油雞麵線被刀割傷的痕跡。

「不是啦。」

英格麗很想這樣說，可是看著鈴木那副溫柔的表情，卻一句話也說不出口。

「啊，我忘了把藥膏放在哪裡。」

接著鈴木在書架下層與書桌抽屜忙碌翻找他的藥箱，滿身大汗還忙著回頭愧疚地對她說：「對不起，等一下……」

右手握著左手手指上包著冰塊的手帕，看著鈴木，想到冰箱的花壽司。

英格麗實在好想大哭一場。

實在，太溫柔的男人了。

英格麗想到多年前和法蘭克熱戀時，她常容易莫名其妙扭傷腳踝，法蘭克也曾經這般溫柔細膩，蹲在她的腳邊，輕輕按摩著她的腳踝問：「還痛嗎？」一次，兩個人去京都度假，她又扭傷腿，法蘭克隔天立刻到藥妝店買了十幾種日本新型治腳傷的貼布、繃帶和藥膏，逗得她大笑。

曾經，在那時候，那段熱戀的蜜月期，他們什麼糟糕狀態都沒發生的時候。

曾經，是的，曾經。

而此刻、此時，她還是深深地愛著那個男人，想著那個男人。

她多想像以前一樣感動地緊緊擁抱住法蘭克……

鈴木從抽屜裡終於找到燙傷藥膏，開心地大叫：「找到了。」

英格麗的眼淚立即落下，再也不可抑止，哭了起來。

Cathy
Cathy Lo
Sato Ryou
Sarah Pei
Kristy Yen
Eric Sun
Cathy Wang
Richard Guo
Ben Huang
Vincent Chen
Lian Hsu
Vincent Wang
Cathy Wang
Candy Lin
Thomas Chen
Adam Fei
Ben Smith

凱西的兩個樹洞

說不愛了就分手，是最乾脆的一種吧。

就像一條繩子兩邊用力拉扯到一半，突然頹然無氣，彼此點頭決定放手。彼此，決定，嗯。

可是太難了，她和他並不是這樣。

很多電影都不是這樣演，世界上每一樁愛情故事，都熱中歹戲拖棚。

王家衛的「花樣年華」，電影故事最後，男主角梁朝偉的頭深深埋進柬埔寨的一棵樹洞悄聲說話，然後，洞中雜草緩緩綿延出來，鏡頭遂拉開整個場景，樹洞變得遙遠而渺小，悲哀卻空空擴張開來。

深夜從二輪戲院離開後，凱西發起呆，走在凱西右肩的班則沉默地從皮外套口袋

拿出菸抽起來。

肩碰著肩，在寒凍的小巷子不知走了多久，直到一個紅綠燈口，兩個人才恍惚停止在十字路口。

班乾涸的聲音說：「要不要去吃點東西？」

凱西點點頭。

兩個人還是在路口動也不動，計程車則從前面呼嘯而過。

凱西嘆口氣，說：「啊，好像眞的餓了。」

班直率地：「我想喝杯酒。」

站在十字路口，凱西輕聲說：「我忽然想起以前一個戀人。」

「像梁朝偉嗎？」班笑著。

「不是啦。」

「妳上個男友，那個染了一頭金髮的？」

「不是，不過……可以不要提到他嗎？」凱西頓了一下，語氣嚴肅。

「抱歉，我開玩笑啦，妳繼續說……」

「嗯，就是有一次，就像這樣冷的天氣，我打電話給他跟他說：……我喜歡他。」

「然後呢？」

「他對我說，以前曾經有一個學妹喜歡他十幾年，有一天從法國打電話告訴他，她寫了一堆信給他，可是女孩把信放在一棵大樹洞裡……那通電話，他只回答我，他覺得這是一個很浪漫的事。」

「……」

「那一夜，我回家哭了一整晚。」

「唉。」

班摟摟凱西，默不作聲招了計程車：「去吃點東西吧。」

「也好。」

「知道去哪裡嗎？」

「一時想不起來，去忠孝東路好了，那裡酒吧多。」

「那裡有東西吃嗎？」

「記得有一家店開很晚，不知道還在不在……」

「妳和那個金髮男友以前常去的店嗎？」

「班——」

「對不起……」

烤得焦黃的香腸切片與沾滿深褐色醬汁的小牛排泛著香味與微微熱氣送上桌來，班喝了一口純麥釀的威士忌，凱西則搖晃酒杯中和冰塊，週五深夜店裡人聲鼎沸。

「來個烤秋刀魚好不好？」班說。

「我不敢吃耶，如果你想就點吧。」

「墨魚沙拉呢？」

「我也不愛吃墨魚，你想吃就點嘛。」

服務生把麻辣豆腐湯送上來，班看了看滿桌菜餚，笑了一下：「菜好像太多了。」

「不好意思，剛剛你去洗手間，我太餓，忍不住點了一堆東西……」凱西說。

「那就算了。」

「你想吃的話，可以點一份秋刀魚啊。」

「沒關係。」班喝一口酒，緩緩說：「……我不喜歡電影結尾。」

「我也不喜歡。」凱西夾起一片烤香腸。

「可是鏡頭很漂亮。」班又說。

「嗯，我也好喜歡那鏡頭。」

「後來，妳跟那個男人呢？」

「哪一個？」凱西板起臉。

「收到很多信的男人啦。」班忙著解釋。

「喔，很久以前的事了……」

「妳，會這樣寫信給他嗎？」

「別人做過了，我就不會做了。」

「爲什麼？」

「不想重複別人的行爲。」

眞的，凱西不想重複電影中的行爲，爲什麼相愛卻不能在一起？

可是，廝守終生的童話故事，她又不信。

幸運，總是不會降臨在每一對情侶身上。

班拿起酒杯轉了轉：「很久沒喝純麥的威士忌了。」

「你呢？如果是你，你會這樣做嗎？」

「做什麼？」

「隨便，我說愛情，比如你是梁朝偉，你會怎麼做？」

「去找那個女人。」

男人毫不遲疑的肯定句，凱西心跳一下。

「眞的嗎？」凱西問。

「嗯。」班頓時表情沉默下來，點起一根菸。

「我剛剛想起泰國，我十年前夏天在清邁火車站遇到的一個台灣女孩。」

「叫徐戀的台灣女生？」

「嗯，很年輕的女生，那時候她才剛考上大學。」

凱西記得班說過這個女孩，個子嬌小，皮膚黑黑的，兩個人在車站邂逅，一起到海邊小島玩了七天，他非常喜歡她，也感覺女孩對自己有好感，卻沒對她說出心意，假期結束，兩個人再也沒連絡。

「如果現在在路上遇到，你還記得她的樣子嗎？」

「我不知道呢，要遇到才知道。」

「好吧，那麼你爲什麼那時候不向她告白？」

「那時候，我很愛玩，到處旅行，沒去過中國大陸，泰國假期結束，一直想去拉薩、西藏……台灣不在我的計劃範圍，可是她要回台灣念書，我們的行程很不一樣。」

「結果你還不是到了台灣，如果讓你再遇到徐戀，你會跟她告白嗎？」

「也許會，也許不會，太久了。」

「也許會……」凱西低頭沉思，不知道怎麼接話。

「妳呢？妳還愛那個男人嗎？」

「哪一個？」凱西這次卻笑了，班也微笑。

「愛，是那個時候的事了，現在不知道了……那時候很愛。」凱西認真說。

「多久以前的事？」

「十年前了。」

「也十年了啊。」

談起過往的情事，兩人安靜地喝起酒，剛剛還餓得很，現在卻一點胃口也沒有，服務生過來收拾，一臉探問的表情，桌上涼掉的菜都沒吃完，兩個人卻點頭同意。

滿桌的杯盤狼藉一下子空洞地只剩兩只酒杯。

「這裡音樂不好，換一家店吧。」班說。

「好，喝完這一杯。」

沿著夜路，大片雨水趁著夜風飄起來，他們快步走到安和路一家小酒吧，老闆是班的老朋友，立刻送來一瓶寄放的伏特加、萊姆汁和冰塊，世界民族音樂低沉縈繞著整個空間。

「在想什麼？」凱西幫班調好酒，輕聲說。

「想剛剛那部電影。」

「還在想啊？」

「對啊，想去清邁。」

「……」

「其實，泰國是我最愛的國家，可是不知道爲什麼，十年前去度假之後，我總不去碰這個國度，可能是因爲太愛了，反而害怕。」沙發上的男人靠過來，溫柔地抱住凱西，深深嘆氣，欲言又止：「我相信妳懂我的心情。」

看著在亞洲旅行十多年的男人下巴的鬍碴，女人靜默。

班終於對她說出口，雖然他提過無數次，那是他沉澱在心底的夢想，去清邁住個一兩年，當最近班的書桌充滿泰文學習書，班就少提泰國……直到今晚看了這部二輪戲院的電影，凱西當然懂，兩個人都是這麼敏感的人。

可是凱西的腦袋裡，卻老是想起電影裡張曼玉提著飯筒去買湯麵與梁朝偉在巷道階梯點頭交錯而過高領旗袍的背影。

電影鏡頭緩慢地移動，眼前男人張口閉口說話的聲音也轉成慢速動作。

想像年輕時愛戀的那個男人的學妹把信放入樹洞的姿態，也一吋一吋停格，樹影般搖晃著沙沙的影子。

「你想，等一下雨會停嗎？」凱西問。

「會吧。」班心不在焉。

凱西抬頭看著天花板，酒吧天花板上漆成黑色的管線，纏纏繞繞地暴露在昏黃的投射燈旁邊。

這一瞬間，凱西眞的懂。

她，原來不在這個男人的未來計畫裡。

凱西俯身靠著桌子低下頭，把嘴唇深深埋入酒杯裡，彷彿那杯口是個樹洞，酒氣冒了出來。

「怎麼了？」

「頭痛。」

「很痛嗎？怎麼沒說？」

「嗯，可能淋雨了，頭就痛了起來，可是西藥房都關了。」

「我去問老闆有沒有藥。」

班跑到吧檯，熱切詢問，又回來桌子旁。

「附近有屈臣氏，我跟老闆借機車去買，等我一下。」

班說著，就推開酒吧的門走出去。

凱西看著班的背影，忍不住淌下眼淚，她捨不得這個男人。

凱西很早就知道男人是過客，只是一時停留在台灣，什麼時候要走，是遲早問題。

班是太自由的人，像許多歐洲大陸長大的華裔小孩一般，十八歲就開始旅行，他走遍整個歐洲、亞洲，根本沒有港口概念，即使出生地的倫敦，也彷彿記憶中的島嶼般，他有五六年都沒回去了。

眞正的旅行者，是沒有故鄉的。

而凱西不是，她不是旅行者，台灣是根深柢固的地方，心底的港灣，她可以到任何地方旅遊，可是不能不回台灣，這是兩個人的成長背景異同。

其實，不過是一部電影。

其實，不只是一部電影。

其實，看完電影，她的顫動與男人的動盪心意就相融，所以兩個人沉默地走過那一條黑暗的長巷。

說不出的感受，好像她的心跳一下就撞擊著男人的右胸口，男人的心電圖也透明的顯示在她的眼簾。

這是她和班相識幾個月來很特殊的默契。

像電影中張曼玉與梁朝偉慢動作在窄巷錯身而過。

周璇幽幽清唱著「花樣年華」這首歌。

班買普拿疼回來的時候，頭髮和衣服都濕了，跟老闆要了杯溫開水給她服下。

「還下雨嗎？」

「雨停了，是流汗啦。」班拿出紙巾擦額頭。

「天氣這麼冷，還流汗？」

「附近的屈臣氏不是二十四小時，我跑去師大路買。」

「啊，對不起。」

「沒關係，如果等一下還痛，再吃一顆。」

「嗯。」

一曲有節奏性的民族舞曲從音響傳來。

凱西站了起來，望著班，把手環在班的頸子，攤在班身上。

「怎麼了？」

「想跟你跳舞。」

「頭不痛嗎？」

「人家想跟你跳舞。」凱西語氣撒嬌。

「傻瓜。」班緊擁住凱西的腰。

雖然不想複習同樣的行爲，班曾經和徐戀在泰國小島跳過舞，自己和班一次舞也沒跳過，一瞬間的念頭，凱西改變了心意。

店裡只剩下一桌客人，客人微笑轉過頭來看著他們，老闆順遂把音響聲音開大。

「有點西班牙味道的音樂呢，應該要快舞。」班笑著。

「我不行啦，只能慢慢的。」凱西緊偎著班的胸膛。

「這舞曲節奏讓我想起有一年去馬德里的一家小酒館，好多人跳舞。」

「我卻想起阿莫多瓦的電影『鬥牛士』。」

「我很喜歡那部電影。」

「我也是。」

「是一部很悲傷的電影。」

「嗯，愛與死強烈的電影。」

班擁緊她，呼氣在凱西的耳垂上，低聲說。

「妳還是想去西班牙嗎？」

「嗯，我希望明年去住一年。」

「妳不想去泰國嗎？」

「……」

那支舞曲以哀傷的民謠吉他節奏結束，他們跳完舞，一起躺入沙發。

老闆與客人轉頭微笑地小聲擊掌，又繼續聊天起來。

班喝了一口酒，輕嘆：「我好希望妳可以跟我一起去泰國。」

「可是我去西班牙的計畫，幾年前就訂好，我……」

「我知道。」

「我學了一年西班牙文……」

「我知道。」

「我……一直希望你可以跟我去西班牙……」

「妳，願意跟我去泰國嗎？」

「……」

「算了，不要想太多，頭還痛嗎？」

「好多了。」

班舉起酒杯正要喝酒，語氣頓了頓，認真說：「我想，我可能會去清邁吧。」

「去找徐戀？或希望遇到一個像徐戀那樣的女孩？」

班笑出來，故意說：「對啊，我要重溫舊夢。」

凱西咬咬唇，搶走班手中的酒杯。

「那，妳去西班牙找誰啊？」班開玩笑。

「我又沒有西班牙情人！」

凱西嘟起嘴嚷嚷，班把凱西的酒杯拿回來。

「這時候，忽然好想吃烤秋刀魚耶。」喝了一口酒之後，班說。

「爲什麼剛剛不點？」

「哈，看到妳就想到秋刀魚，黑黑瘦瘦的，很優美。」

「我哪裡黑？又哪裡瘦了？你想到的是徐戀吧？」

「說眞的，我早忘了徐戀的長相，倒是妳不是有個黑黑瘦瘦像秋刀魚的男人一直在追妳？」

「你說佐藤喔，佐藤只是一個Facebook的網友而已。」

「不只是網友吧？我看妳Facebook每一則留言，他都好認眞回應，那些回應不像只是網友……」男人促狹地。

「眞的是朋友，他是我老闆法蘭克的日本朋友，有一次來台北玩，我們就見過一次面而已……」凱西急著辯解。

班一笑：「好啦，我是說『秋刀魚之味』也是一部好看的電影呢。」

「……嗯，更久以前的電影了。」

酒氣瀰漫中，班的眼神遙遠起來，燈影亮晃晃映在他的咖啡色的眸底。

他還在想那個清邁的台國女子嗎？

凱西知道男人有無數短暫的戀情，發生在各地旅程，喜馬拉雅山上說不定也有他印象深刻的西藏姑娘吧，雖然男人總是提起他在拉薩的小故事，那個小酒館老闆請他喝的那杯自釀的酒如何融化冰天雪地的寂寞……。

「回家吧，我睏了。」

「也好。」

班舉手買單，凝思的表情還在想著他的清邁吧。

凱西披上大衣，酒館裡又奏起西班牙風味的狂熱舞曲，一聲一聲衝擊著她抽痛的太陽穴。

漆黑的街上細雨紛飛，班走出酒館門口，說：「雨又下起來了，我們叫車吧。」

凱西忍不住一陣強烈傷感，轉身埋入班的胸口，緊緊抱住班。

「怎麼了，頭很痛？」

「不是。」

「……」

「你眞的要去清邁嗎？」

「妳爲這個煩惱嗎？」

「你決定什麼時候去？」

「還不知道……不要想這麼多啦。」

「那，我們就要分開了……」

班頹然不語，指頭用力，把凱西抱著更緊，溫熱的氣息裡有鹹鹹的汗水。

凱西想起十年前的愛戀的男人，每次到海邊嗅著鹹鹹海風味道，男人總是微笑說：「好喜歡這種味道，就像快要分離的感覺。」事實上，她做不到像他學妹那麼浪漫，把信置入異國的大樹洞，讓深沉的感情就這樣埋入一個不知名的深淵。

「我……不要去西班牙了，你也不要去清邁，我們都住在台灣，好不好？」

凱西聲音哽咽地。

「別說傻話了……那是妳的夢想啊，西班牙是個浪漫的國家啊。」

班沒說出口，清邁也是他的夢想。

一段邂逅，其實誰能夠預知誰的未來計畫裡將會有誰？

也許他們原來用力拉扯的繩索，根本不是同一條線頭。

凱西難受得充滿一大片荒涼感，卻哭不出來。

心口的裂縫，近在咫尺，愈抱著男人，愈覺得縫隙無限延伸、擴大、脆裂。

愛，和寂寞如此類似，都是一個填不滿的洞。

卻沒有人知道什麼東西可以精確飽和。

斜雨中，街燈映著兩個人的錯落著長長短短的影子，安靜地躺在充滿水漬的馬路上。許久。

「要這樣一直抱下去嗎？像在演電影？」

班放開了手，笑起來，輕輕擦拭女人滿是雨珠的臉頰，凱西也微笑，極酸楚的笑，因爲他們演的是不同的腳本，就像電影上映前意外穿插的預告片。

「不要想太多，以後的事，明天再想吧。」

班牽著凱西的手，向路邊黃色亮燈的計程車揮手。

「欸，如果你去清邁，很想念我，會不會去找一個樹洞，傾吐心事。」

「那妳呢？妳想念我的時候，會不會寫一堆信，把信埋在西班牙的樹洞裡？」

兩個人對看半晌，大笑出聲，車子就來了。

Rebecca

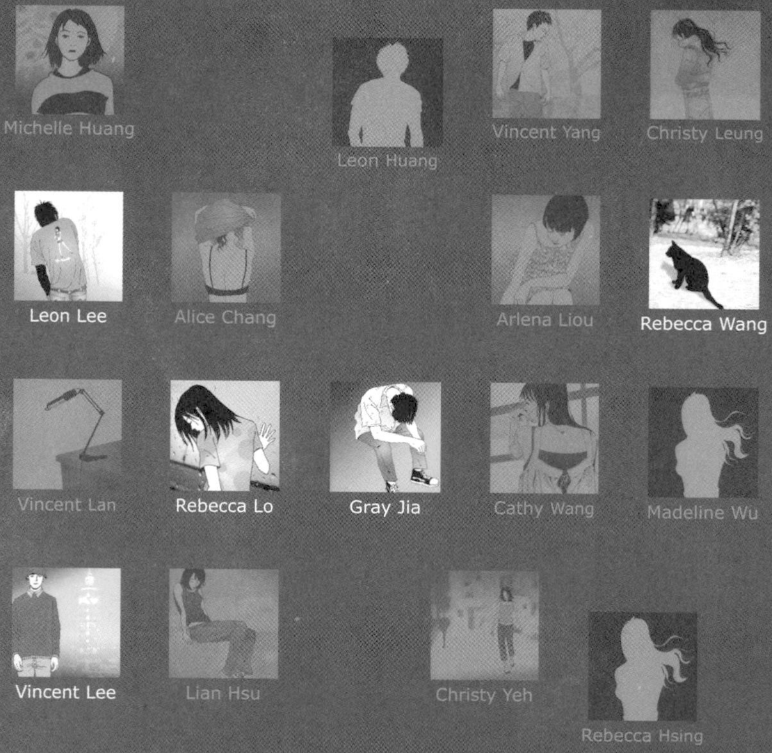

Michelle Huang
Leon Huang
Vincent Yang
Christy Leung
Leon Lee
Alice Chang
Arlena Liou
Rebecca Wang
Vincent Lan
Rebecca Lo
Gray Jia
Cathy Wang
Madeline Wu
Vincent Lee
Lian Hsu
Christy Yeh
Rebecca Hsing

羅蓓卡的煉油廠

午後，雨點忽然大顆大顆下起來，匆忙躲在路邊小店的騎樓，羅蓓卡拎著大背包，忍不住發呆，看著小鎮上整片斜斜墜落的迷濛煙霧。

掏出背包裡的菸，她濕著手點起火來，老點不著。

「要不要我幫忙？」

套著寬大灰色T恤、牛仔褲的年輕男人，把打火機湊過來。

「啊，不好意思。」

「沒關係，順便借我一根菸怎樣？」

羅蓓卡把菸盒遞給男人，男人抽出菸盒的菸，緩緩點起一根菸。

「這雨眞大啊。」

男人捲起T恤袖口，呼一口菸，把菸盒還給女人。

「對啊，根本不知道會下雨，中午還出大太陽。」

「高雄春末夏初，天氣變化很大的。」

男人仔細打量她：「妳不是本地人喔。」

「我從台北來的。」

「看得出來。」

羅蓓卡笑起來：「你怎麼知道？」

「這裡很少人會在一個耳朵穿三個耳洞的，而且……也很少人刺青，除非是青少年。」

「誰說的？這是什麼時代了？」

男人聳聳肩露出一排潔白的牙齒與一顆小小虎牙。

不知怎麼，女人覺得男人那眉眼眞是面熟，不知像哪個人，究竟是哪個明星或搖滾樂手，還是哪個朋友，記憶像傳眞紙上褪色的字跡，模糊了起來。

那是哪個春末夏初的記憶，她感覺恍惚，只記得某一年整條街的蟬鳴以及一個模

愛，和寂寞如此類似，都是一個填不滿的洞。
卻沒有人知道什麼東西可以精確飽和。

水瓶鯨魚 長篇愛情小說 《我的感情名單》 FACEBOOK LOVE STORIES 大田出版

糊的男人的臉。

「羅蓓卡要在那個鳥不生蛋的地方待幾天啊？」

「週二回去。」

「什麼?!週二?!妳要搞死我們，下週雜誌要截稿耶。」

「我都交給徐戀了，她能力很強的，妳們可以放心啦。」

「可是妳又不是不知道，總編很沒安全感，徐戀才剛來一個月，妳不早點回來，我們會被盯得很慘……」

「七貓小姐，放心啦，我的年假可是總編批准的。」

「喔，妳眞天眞，妳以爲我是太閒才打電話跟妳哈啦啊，是總編要我打給妳，看妳能不能早點回來……或者把飯店傳眞機號碼留給我們……」

「還傳眞?什麼年代了?寫mail或留MSN啦，我會看的，反正，我週一一定回台北，好不好，掰囉。」

「羅蓓卡，喂喂喂……」

羅蓓卡笑著按掉手機按鍵，連電源都關掉，無力攤在小旅館的大雙人床上，探望玻璃窗外林立招牌的街道。

眞的是鳥不生蛋的地方嗎？

她笑起來，楠梓怎會是鳥不生蛋的地方？七貓眞是典型台北土包子和電腦白痴，這時代，誰還傳眞？何況楠梓還是高雄市呢，從高鐵左營站搭計程車不過十分鐘，只是附近沒什麼咖啡店，像台北市區那樣四處林立的咖啡店……泡沫紅茶店倒是有幾家。

愛琳娜是她在高雄唯一認識的朋友，愛琳娜兩個月前和老公分居，搬回高雄老家，在自家樓下開了一個小小的幼稚園。

愛琳娜的家是一棟三層樓的透天別墅，一樓裝修了一個教室，花園旁邊有剛蓋好的溜滑梯、盪鞦韆設施，有趣的是以幼稚園爲軸心畫圓，一公里直徑都是蔥綠的稻田，對久居台北的她，感覺眞奇異。

昨天她特地去拜訪愛琳娜，只可惜愛琳娜這一週爲了幼稚園招生業務，行程滿檔，於是羅蓓卡只在愛琳娜家匆匆吃了一頓便飯就不好意思打擾，更不便細問愛琳娜婚姻題目，反倒愛琳娜開車送她回旅館時，摸摸肚子、露出深深的酒窩主動說：「我不知道這決定是好是壞，但我希望讓我的小孩在高雄舒服健康的環境長大……哈，下次再聊囉。」

愛琳娜留下的話，震撼了羅蓓卡，讓她站在旅館門口望著愛琳娜消逝的車影，久久無法回神

忽然決定下高雄，其實羅蓓卡也有點徬徨，人生地不熟的，唯一認識的朋友只有一個，但是，她眞的很想去看看高雄煉油廠。

「看煉油廠，妳瘋了，那幾管冒黑煙的煙囪，有啥好看？」

克里絲蒂、凱西和七貓聽到羅蓓卡的度假法，忍不住大叫。

「去峇里島洗洗SPA比較實在吧，又便宜。」

「去馬爾地夫潛水也不錯。」

「哎喲！墾丁啦，還比較像度假。」

羅蓓卡笑著又是點頭又搖頭，實在不知道怎麼說明。

她想看看賈瑞從小居住的地方，說出口一定被朋友笑她中了日劇「東京愛情故事」的毒，她是很喜歡鈴木保奈美，她不像莉香對完治那種痴情啦，她是好奇，羅蓓卡

眞的好奇想知道賈瑞口中宛如「世外桃源」的煉油廠宿舍是什麼樣子。

高雄煉油廠的宿舍位在左營、楠梓與後勁交接口，寬闊的柏油道路，路邊鳳凰木林立，煉油廠的宿舍分「職員宿舍」社區與「員工宿舍」社區，兩個社區門口都有管理員，需要員工證件才能進入，社區裡面大都是一樓平房，整排的樹與自由的空氣。

「妳不會相信的，台灣眞的有這樣充滿樹與草坪的地方。」

彷彿座右銘一樣，賈瑞常像跳針的唱盤般反覆提起，而且會以奇妙的興奮語氣說起這個小時候居住的地方，那社區有自己的學校、電影院、醫院、圖書館、溜冰場、保齡球館、網球場、籃球館、足球場、棒球場、室內室外游泳池與高爾夫球場，以及墨綠色的巴士接送每個社區的人到任何地方。

「我們住的地方，好寬闊，每棟平房都漆成不同顏色喔，有粉紅色、淺藍色……每棟房子前面有花園，庭院旁邊有車庫，後面還可以種菜，整條巷子都是大樹喔，就像電影上的美國住宅，想不到台灣還有這樣的地方吧?!只不過只有煉油廠的員工家屬才能住這裡，妳有一天一定要來看，冬天我們可以一起去溫水游泳池游泳。」

可惜，羅蓓卡等不及賈瑞的承諾，兩個人就分手。

賈瑞口中栩栩如生的描繪，卻掛在心底，她想一探這世外桃源。

在台灣，眞的有這樣的地方嗎？

只是來了兩天，羅蓓卡一直進不了煉油廠社區的門，每次看到守門員，她總不免心虛。

這兩天，羅蓓卡逛了愛河、旗津、新崛江、美術館，也去了一趟知名的瑞豐夜市吃了一碗排骨穌湯、海產粥與紅茶牛奶，剩下時間，羅蓓卡就在煉油廠附近的莒光市場閒逛。

愛琳娜打電話來，說她眞的挪不出時間陪她，羅蓓卡說沒關係。

第三日午後，雷陣雨又下了起來，彷彿定時呼叫器，羅蓓卡躲入莒光市場旁的便利商店。

「很像台北的天氣吧?!」

熟悉的聲音從身後響起，羅蓓卡嚇了一跳。

一抬眼，是那天那個年輕男人，他左手提著一罐大瓶可樂，右手上還握著發票，

露出一排潔白的牙齒和小虎牙對著她笑著。

「妳又來躲雨啊?!」

「嗯，啊……對。」

「妳的頭髮都濕了。」

「剛剛在路上，來不及。」

男人看看她，又笑。

「到外面抽根菸吧。」

她慌亂點頭。

眞是太巧了，怎麼又遇到，而且男人一笑，羅蓓卡情不自禁又搜尋起那個模糊的記憶。很想確定，而記憶卻像斷線風箏一般，怎麼也記不起來。

「說實話，我剛回高雄一個月，之前我都在台北。」男人說。

「喔。」

男人點起菸，也幫女人點起火。

兩個人佇立在便利商店騎樓角落，看著路上煙一般飄過的雨絲，與低著頭跨在摩托車上呼嘯而過瑟縮的騎士。

「妳的樣子就像台北女人。」

「你從哪裡看出來?!」羅蓓卡笑。

「氣質啦、穿著啦、聲音啦，很多部分，嘿嘿，我嗅覺很敏銳喔。」

「哈，你的台詞，好像在演電影。」

「很『聳』是不是?!這可是眞的。」

男人扮起鬼臉。

「騙人，你都這樣跟女人搭訕，不對嗎?!」

羅蓓卡大笑出聲。

「好啦，被妳識破，可是妳是從台北來的對不對？」

「那是我先說的，不是嗎？」

「好嘛，我剛回高雄一個月，是眞的，我之前在台北混了好幾年。」

「喔，那你現在回高雄工作？」

「對啊，在中油工作。」

「中油？」

羅蓓卡想起賈瑞的話：「要住煉油廠宿舍，一定要父母有一個在煉油廠工作。」

「你在高雄煉油廠工作？」羅蓓卡認眞的。

男人大笑起來：「哇，妳眞的很好騙，哈哈哈，沒想到台北女人那麼好騙。」

「我是認眞問你。」羅蓓卡有點生氣，扔掉菸蒂，踩熄。

「中油……是中國無業遊民，中間的中，遊戲的遊。」

男人繼續大笑。

「我要走了。」

騎廊外的大雨依然不減風勢，嘩嘩下著。

羅蓓卡厭惡地走入雨中。

「喂，雨很大耶。」男人伸手拉住她。

她用力甩開男人的手，站在騎廊外，雨珠大片大片落在她的肩膀上，其實羅蓓卡不是不知「中遊」的意思，可是爲了「煉油廠」，自己竟太專注這件事，完全忘記這是一句老梗，很丟臉。

「不要這樣，我只是開開玩笑。」

男人發現女人認眞表情，把女人用力拉入騎廊裡，避開雨絲，語氣溫婉。

「妳，眞的沒聽過這笑話？」

「有……」

「那，爲什麼生氣？」

「我沒有生氣。」

「好啦，我先說對不起……我眞的不知道妳會聯想到高雄煉油廠……」男人露出笑臉。

髮絲上的雨滴落在肩上，羅蓓卡心一軟，其實自己沒道理對這陌生男人生氣，是自己鑽入賈瑞的世外桃源。

「不要說對不起，跟你沒關係，我眞的以爲你在中油工作……」

「我老爸是在高雄煉油廠工作。」

「啊。」

「怎麼啦？」

「你唸油廠國小嗎？國光中學？」

「咦?!」

「沒事啦」

羅蓓卡小小興奮起來，感覺自己像撿到一件寶物，那幾管在高速公路上看到的煙囪在心口突然冒出熊熊火苗。

男人的名字叫李陽，英文名字是Leon。

「那不是盧貝松電影裡的義大利殺手?!」羅蓓卡說：「你……知道這電影吧？」

「可惜啊，我不養盆栽，我養女人。」

躺在煉油廠職員宿舍高爾夫球場平坦的草地上，李陽嘻皮笑臉說。

「你養女人？」

「開玩笑啦，我哪裡有錢？」

聽見李陽老實的語氣，羅蓓卡笑出來。

「不要笑啦，我可是給女人養過。」

「眞的?假的?」

「眞的會怎樣?」

「沒怎樣,好奇啊。」

「喂!妳不要那麼好騙好不好?除了我老媽,哪個女人會想養我?!」

「誰知道。」

「妳……把我想得太複雜了吧?我隨便說說,妳就信?」

「我沒有啊,我只是問問題……而已。」

黝黑清秀的年輕男人,她猜,應該剛退伍吧,五官隱約有稚嫩的神色。

好怪,眞的感覺似曾相識。

除了他是煉油廠的人,似曾相識的熟悉感,是羅蓓卡第二天願意和李陽相約的原因,而心口風箏放得太遠,一點也想不起來風箏原來的模樣,她想不起他像誰。

羅蓓卡起身看看一整片修剪得極好的綠油油草坪,蜿蜒成小山丘的高爾夫球場,風從四面八方輕輕吹拂過來,彷彿可以就此安心睡去。

午後陽光灑在兩邊道路上的大樹，畫成暗灰色的陰影，附近整排寬闊的平房，前面有小庭園，旁邊有車庫；沿路走來，經過籃球館與網球場跟一座游泳池，裡面傳出水花與嬉鬧的聲音；小朋友在附近玩耍，似母親模樣的女人從屋子裡走出來趕小朋友回屋去睡午覺。

「這裡眞的很美。」羅蓓卡說。

「很適合養老。」

「你的語氣怎麼那麼奇怪？台灣一定很多人羨慕這樣的環境呢。」

李陽沒有回答，嘿嘿笑，站起來問：「要不要走走？」

「好啊。」

在籃球館前面有一個小小花圃，種滿盛開的花朵；更前面則是一個公園，公園中間是一個圍著欄杆的輪鞋溜冰場。

「那邊是圖書館，再過去是煉油廠福利社……」李陽指指公園右邊，一座寬闊綠蔭覆蓋的一座平房。

「我小學放暑假，去游完泳，就會去圖書館看書，然後到福利社買一支紅豆冰棒和幾個奶油麵包到這裡來吃，整個暑假曬得像小黑人一樣。」

羅蓓卡點點頭，她聽過賈瑞說過類似的童年記憶，面對眼前景觀，她第一次可以感受，賈瑞童年的畫面栩栩如生跳出來。

「對了，高雄世運那個鳥巢就在剛剛那個高爾夫球場圍牆外面。」李陽指著高爾夫球場的方向：「想去逛逛嗎？」

「電影院在哪裡？」羅蓓卡問，李陽指著溜冰場過去一個小門。

「走出那個門，過馬路，對面有一個門，進去就是煉油廠廠區，大約一段路就是電影院了，我們看電影都是免費的，只是電影比一般戲院晚一點上檔，不過我一百年沒去了……」

「好想去。」

「妳有幾天假期？如果明天去，我就可以借到車，還可以帶妳去參觀半屏山公園喔。」

「半屏山公園？」

羅蓓卡又想起賈瑞曾經描述過的，似乎有這公園的存在。

「對啊，開車去比較好，有一段路，裡面可以划船，有一個蓮池塘，風景很棒，本來只有煉油廠的眷屬可以去，現在另一頭也開放了，大家都可以去玩。」

「好奇怪？爲什麼公園以前不能開放？」

「因爲這個公園在煉油廠廠區裡啊，會先經過煉油廠工廠，工廠是機密要地，所以不能隨便開放。」

「喔。」

「這就是特權啊。」李陽嘿嘿笑。

「你們竟然有特權，眞不公平?!」

「哪裡沒特權呢?!」

羅蓓卡禁口，也對。

天空陰了下來，兩個人就站在灰色溜冰場前面的小徑，風涼涼吹來，男人一直抽著菸。

好像有種奇妙的事，即將要發生，羅蓓卡卻不知怎麼形容。

是山雨欲來的錯覺吧，一定是的。

「要下雨了，喂，台北人去躲個雨吧。」

李陽拍拍羅蓓卡的肩膀，往右邊跑，那是圖書館方向。

大片雨水在兩個人還沒到圖書館門口便落在身上。

雨水嘩嘩下起，狂風一樣，閃著電光，整個安靜的社區墨色一樣凝固，遠處有摩托車聲音、小孩哭叫聲與母親怒斥聲，幾分鐘後，都安靜下來，只剩下雨聲與兩個人的呼吸聲。

「要不要抽根菸？」李陽說。

羅蓓卡搖搖頭：「很棒的地方，你住在這裡嗎？」

「以前是，後來搬走了。」李陽呼著菸笑著。

「爲什麼？」

「這些都是公家宿舍啊。」

「公家？」

「是給煉油廠職員與員工住的宿舍，不是自己的。」

「……」

「那得說到那年代啦，我爸媽是白手起家，一直希望可以有自己的房子，買了房子就退掉這地方，房子就買在莒光市場附近，可是我的童年記憶也就消失了，泡沫一樣消失。」男人攤攤手。

「泡沫一樣，眞可惜……」

「唉，我老爸老媽，後來也很後悔，很多煉油廠的職員，事實上也在外面買了房子，但不願搬離這裡，因爲這裡環境好，他們寧可把房子出租，繼續住在這裡，住久了，也沒人會趕。」

「你原來住在哪一棟房子？」

「不是這裡？」

「那是……?!」

「另一個門，煉油廠員工宿舍，那裡沒有溫水游泳池和高爾夫球場，可是有棒球場跟足球場。」

「哇，好棒！」

「可是那邊的房子都長得很像，跟這裡不一樣。」

「爲什麼帶我來這裡？不去那裡？」

男人呵呵笑起來。

「這裡比較高級啊，有高爾夫球場。」

「怎麼這麼說？」

「反正觀光嘛！妳想來看看，我就帶妳來看一下，滿足台北人的幻想。」

「觀光」「台北人的幻想」羅蓓卡突然生氣起來，她想來看看是眞的，她想看看賈瑞小時候居住的地方，而，此刻，她討厭這男人說話的語氣，充滿某種輕蔑……羅蓓卡立刻從屋簷下起身走入大雨中，她再不想跟男人說任何一句話。

李陽不過是陌生的男人，一講話就知道男人年紀比她輕很多，年齡不是問題，是對話，她討厭這種對話，像一盆一盆冷水澆醒她的誠意與夢，包括對賈瑞的那段戀情。

「喂！妳生氣啦！台北人！雨很大哩！」

「台北人，這樣會感冒……」

「好啦，算我錯好不好？我說對不起啦。」

李陽從後面追過來，羅蓓卡只是沉默一直往前走，一條灰色的小馬路上，雨水打

在兩個人濕淋淋的身上。

「台北人，妳到底要往哪裡走啊？」

李陽走過來擋住女人。

「跟你沒關係，我喜歡淋雨。」

「果然是台北人，這麼喜歡下雨。」

一陣冷風吹來，羅蓓卡打了個噴嚏，李陽卻哈哈大笑起來。

看到李陽的額前劉海一條一條黏在臉上的呆樣子，今天出門穿的白色T恤都貼在身上，羅蓓卡也忍不住笑。

「妳的樣子眞狼狽。」李陽說。

「你以爲你好到哪裡?!」

兩個人在雨中唏哩嘩啦又亂笑一陣。

「去洗個頭吧，這雨是酸雨，對髮質不好。」

「洗頭？」

羅蓓卡眞沒想到有人這時候會叫她去洗頭，甚至關心她的髮質，太詭異了，她立即大笑出聲，李陽的表情倒是很認眞，走到摩托車旁邊，戴上安全帽，示意她上車。

「我車上只有一頂安全帽，我看下雨天，警察不會管，上車吧。」

「喂，你眞的要帶我去洗頭?」羅蓓卡開玩笑。

「眞的啊，我還帶妳去賣呢?!」

抱著李陽，貼著冰冷T恤的腰，羅蓓卡還在笑。

沒五分鐘，李陽的摩托車就停在市場一條小巷子裡的騎樓，眞的是一家美容院，就像古代記憶中那樣的美容院長相，透明的玻璃，可是裡面黑漆漆的，沒有一絲燈光，美容院的左上方黑色招牌上白色的大字寫著「Vincent新潮造型美髮」。

李陽從口袋掏出鑰匙，開了美容院的門，回頭看緊抱著雙臂發抖的羅蓓卡說：

「進來吧，這是我老媽開的店。」

「你眞的叫我來洗頭?」

羅蓓卡覺得不可思議。

「眞的啊，妳以為我騙妳啊。」

「我以為你開玩笑。」

「『中遊』歸『中遊』，哪這麼多閒工夫開妳玩笑，我只是忘了今天公休。」

李陽刷一下把燈打開，整個小房子都亮了，是一家大約不到十坪的美容院，灰色的磨石地板，左邊有三張面對鏡子的褪了色的粉紅色椅子，後面是一個皮製黑色仰臥的洗頭座與洗水槽，大門口進來旁邊擺著舊舊的花色沙發，一個小小的書櫃上有一堆雜亂的周刊、套著透明塑膠布的女性雜誌。

李陽脫掉身上白色T恤，裸露著黝黑結實的肌膚，走到後面從黑色仰臥的洗頭座椅上方櫃子掏出兩條橘紅色毛巾，一條扔給她，另一條則自顧自擦起頭髮與身體。

「先把頭髮擦乾吧，高雄晚上有點涼，會感冒。」

李陽說完，開了另一扇門走進去，換了一件灰藍色T恤與運動褲出來。

羅蓓卡拿著毛巾，還在發呆。

「怎麼不把頭髮擦一擦，這樣很容易著涼的。」

「我不曉得你家開美容院……」

「很奇怪嗎？」

李陽微笑，順手在櫃子上的飲水機倒了一杯熱水遞給女人。

「喝點熱水好了，身體暖和一點。」

「很怪……」

說完這句話，羅蓓卡自己也覺得怪，好像是從外太空來到地球來，她說不出所以然。

而且這男人置身在美容院舊舊的背景裡，也變得很怪，好像鮮活了起來，有血液的溫度在流動，或者說，高爾夫球場那個痞子忽然變成另一個人；那似曾相識的感覺，竟然完全消失，這是一個陌生高雄人。

「有什麼怪？我小時候，我媽每次都說頭髮要吹乾，否則很容易著涼。」

「我不是這意思……」

「妳的意思是……我不像會洗頭的人嗎？我會啊……本來想叫小妹幫妳洗。」

「你會洗頭？」

「我按摩技術還挺好的呢，隔壁巷子賣豆漿的王太太就特喜歡……」

「你會按摩？」

「幹嘛?!不行啊?!我可厲害。」

看著羅蓓卡充滿狐疑的眼神，加強語調：「妳這是什麼表情?!我老媽開美容院，我多少也知道怎麼做好不好?!」

「我不是不相信……」

羅蓓卡實在覺得這一切都太滑稽了，詭異到不行，在這個空間和這個陌生男人的對話，怎麼會變成這種情況，她只是想休個年假來高雄煉油廠看看賈瑞口中的世外桃源……卻變成這樣的場景。

「妳的表情就是不相信。」

「沒有啦……」

「好，妳過來，我剛剛說帶妳去洗頭，也不要說騙妳，老闆娘兒子親自幫妳服務。」

「……」

看到男人認眞的表情，她笑得連紙杯的水都濺出來。

「過來!過來!」

李陽拉住羅蓓卡，押她坐在粉紅色椅子上，然後披上橘紅色毛巾。

羅蓓卡看著鏡子裡披頭散髮的自己以及背後的男人，還是一直笑。

「小姐有洗髮精在這裡嗎？」

李陽正經地學著一般美容院的慣性說法。

「沒有。」

羅蓓卡還在笑。

「要先按摩嗎？」

李陽的手指輕輕按著自己的雙肩。

「好。」

李陽大大的手掌輕輕地揉著羅蓓卡的肩，一下又一下，緩緩往背脊部分，極溫柔地把肌肉推開。

「這樣可以嗎？」

「可以。」

「要不要再用力一點？」

「這樣剛好。」

「謝謝。」

羅蓓卡閉上眼，感覺男人的雙手掠過頭部，搓揉起來，手指微熱的溫度透入肌膚，深深地進入她的體內，髮絲在耳梢癢癢地，指尖在自己耳垂上輕輕移動，男人手指頭粗糙的繭像清晰看得見一般一圈圈磨著她的耳後，指頭上的菸味與雨水味道淡淡地氾了上來……整個小小的美容院彷彿靜默起來，她聽見男人沉重的呼吸聲與自己的呼吸聲。

她忍不住吸了一大口氣，睜開眼朗聲：「直接洗頭好了。」

「直接洗嗎？那麼請到後面……」李陽的聲音像鬆了口氣一樣，正經說。

羅蓓卡看著鏡子裡面的李陽，那張下巴微冒的青澀鬍碴，頭髮濕濕地塞到額後耳後的清秀的臉孔，不知道爲什麼站起來往後面黑色皮椅的洗頭座走，心底竟有種莫名其妙的慌張感。

腦袋裡浮現美容院門口那張招牌的名字，胃酸般在記憶裡腐蝕著幾個清晰的大字：「Vincent新潮造型美髮」。

「停。」

她舉起手，覺得有點頭暈，頭髮濕淋淋躺在皮製的黑色洗頭椅座，喊了出來。

「怎麼啦?!」

李陽的臉像一張倒掛的畫，在額頭上方，非常貼近自己，濃濃的眉毛與長型單眼皮，異常清晰，充滿熟悉感，下巴的鬍碴幾乎可以感覺刮人的疼，她從沒這麼近看過這男人，這感覺太曖昧，在這空間。

羅蓓卡立刻坐起，濕頭髮亂七八糟一絲一絲垂在耳後，水流嘩嘩地繼續流入洗頭槽的洞穴裡，洗髮精的香味一下子從耳後冒了出來。

「妳怎麼了?還沒開始洗哩?」

李陽眼神閃過疑惑，順手抓出一條毛巾裹住她的頭髮，冰涼的指頭還按在她頸後的肌膚，另一隻手則關掉水龍頭。

羅蓓卡看看李陽狹長的單眼皮，低下眼，竟怦怦心跳起來。

該死，明明是小男生，她突然心跳異常。

自從跟賈瑞分手後，有半年吧，她沒和任何男人這麼靠近過，屬於男人粗糙的手指頭，搓揉她頸部的溫度與煙燥氣味，身體竟亢奮起來，她覺得自己很可恥。

「對不起，我忽然想起有點事，該走了。」

羅蓓卡看也不看李陽，用毛巾笨拙地揉了揉頭髮，站起來。

很清楚自己這句話聽起來就像隨便掰的藉口，聲音太飄忽，小女生似的，她後悔自己發散出這樣的氣味，太容易被人洞穿心事，但來不及了。

李陽盯著她，眼神溜了溜，彷彿懂了般微笑，挨了過來，語氣慵懶。

「什麼事這麼重要？」

「公司的事，反正我要走了……」

羅蓓卡避開男人靠過來的眼神。

「妳的頭髮上還有泡沫，不沖水不行啦。」

李陽摸摸她的頭髮，那動作讓她微微顫慄。

「沒關係，我回飯店再洗。」

「不行，這樣我怎麼收錢？沒有幫客戶服務好。」

李陽挨著她好近，口吻帶著笑意。

「多少錢？我給你。」

羅蓓卡語氣僵硬地，雙手在口袋裡掏錢，還來不及防備，即刻被李陽推倒在皮製黑色躺椅。

李陽的體重壓在她身上，肌膚燒熱的溫度一下子穿透T恤傳遞到她身上，大大的手掌用力按著她的雙手，緊緊地，夾帶菸味的熱氣吹在她的臉上，她感覺自己耳後頭髮還冰涼地垂著水珠，天花板的日光燈亮晃晃，男人那似曾相似的濃眉、單眼皮……五官像放大的鏡頭靠過來，一張冰涼溫潤的唇貼在她的唇上，熾熱的舌頭又遲疑又莽撞地摸索著半天，敲到她的牙齒，痛。

這男人，原來沒她想像中老練，她突然心疼起來，胸口一股躁熱，血液登時沸騰，主動摟住他，這是她剛才害怕的事，現在卻是忍不住，兩個人舌頭黏著舌頭，吻了半天。

「妳喜歡我吧?!對不對?」

李陽輕輕地咬了咬她的耳垂，右手解開她上衣的鈕釦，淘氣地說。

這聲音，太熟悉的音調，像誰?!一定像誰?!

羅蓓卡壓在男人頭下迷亂的側臉看著美容院窗外的雨絲，想起美容院的招牌上的字，以及某個蟬鳴的夏天，驚醒過來，奮力推開李陽。

「……」

李陽的手指停在她的胸口，不了解女人的動作，充滿狐疑。

「你幾歲？」

「啊……這……很重要嗎？」

李陽不知怎麼臉紅起來，表情有點狼狽與不爽。

「只是想知道……」

「不要管我是幾歲，我一樣是男人好不好?!」

李陽任性貼上去狂吻起女人的頸子，右手從女人解開鈕釦的衣服裡撫摸起來，羅蓓卡生硬地將男人的右手從胸口撥開。

「我是說眞的，你有個哥哥叫文森對不對？」

「……」

李陽一臉驚訝，手擱置在羅蓓卡的腰上，完全停下來，空氣一般靜止。

羅蓓卡攏了攏頭髮，站起來，走向前廳粉紅色座位，拉開背包找出菸盒來，點了一支菸，男人還在發呆。

「你，跟你哥長得很像。」

「妳開玩笑吧?!妳，是我哥的女朋友？」

「不是，我是文森的朋友。」

李陽拎著橘紅色毛巾，跟著走過來，一臉不信的表情。

「眞的……？」

「眞的。」

「嚇我一跳，以爲妳是我哥女朋友……」

「那又怎樣?!」

「就……就慘囉，我哥離婚後老認識一些奇怪的女人，去年有個找到這裡來，說要放火燒美容院，嚇壞了我媽。」

「你老哥這麼會惹麻煩啊?!」

「妳不是他朋友嗎?!應該知道吧?!」

李陽斜睨她，像小孩遇到陌生大人般充滿警戒，和剛剛那個壓住她吻她的大男人模樣完全兩回事。

「我跟你哥不熟，我是蜜雪兒的朋友。」

「妳……是大嫂的朋友喔。」李陽鬆了一口氣。

羅蓓卡終於想起那個蟬鳴的夏天，她提著喜餅和文森在誠品書店相遇……回想起來，那時候究竟是因爲自己本來對文森就有莫名好感？還是因爲文森的婚前焦慮症和她對賈瑞的不安，讓兩個人互舔傷口？但，她對文森剩下來的印象，最後只記得文森和賈瑞都是高雄煉油廠出生的小孩，大台北城市充滿來自外縣市來打拚的人很多，會遇到這樣同樣背景的男人機率眞的很少，他們有類似的記憶，說不定……這是她跟文森上床的原因。

羅蓓卡記得文森裸身在床上說起他有個弟弟，比他小一輪，那意思是比她小七歲。

「你今年27歲吧?!」

「那又怎樣?!」

李陽，是她認識居住在這奇妙的「世外桃源」的第三個男人，最年輕的一個，應該也是唯一未婚的吧？

「你該不會也結婚了吧？」

「妳開玩笑吧？我才27歲。」李陽皺起眉頭。

羅蓓卡一笑，發現菸已經燒到盡頭，四周找不到菸灰缸，於是把菸拿到洗手檯上開水龍頭澆熄，丟入垃圾桶，頭髮仍濕濕淌著水珠，但情緒比剛才舒緩。

「喂，妳不要裝得很老成，我猜妳頂多大我兩歲三歲吧？」

「大七歲。」

「才七歲……沒什麼嘛。」李陽嘟囔著，再次問：「妳真的不是我哥的女人?!」

「真的，不是。」

「不要騙我……妳表情很奇怪，妳是特別來找他吧。」

「我幹嘛騙你啊，我也嚇一跳好不好?!」

「真的？」

「是誰跟誰先搭訕的?!」

男人噗哧笑出來，眉眼擠在一起，他們笑起來真像，難怪一碰面，就感覺這個人很眼熟。

一夜情算是女友嗎？

羅蓓卡想了又想，覺得很好笑。

竟會遇到文森的弟弟，人的緣分，太奇妙了。

原來是兄弟，回憶慢慢倒帶變成一幀清晰照片，一比對就發覺他們眞像，那是她會有好感類型的男人……若說完全沒有好感，她再怎麼因爲賈瑞而情緒低潮，也絕不會和文森上床，即使是一夜情或說一夜性。

很久之後，偶爾也覺得很不可思議，和賈瑞在一起那段日子，她拒絕過任何對她有興趣的男人，唯一一段出軌竟是好友蜜雪兒即將結婚的老公，是因爲文森跟賈瑞有相同的成長背景嗎？

現在是文森的弟弟李陽。

「說眞的，李陽，我要走了。」

忽然被叫出名字，李陽小小尷尬，看著羅蓓卡，猶豫一下，小聲問：「眞的要走嗎？」

一個人深愛另一個人，最直率的示愛行動就是付出，
付出盡可能的關懷心意，好讓自己在這段情感關係裡充滿不可或缺的重要位置……

水瓶鯨魚 長篇愛情小說　《我的感情名單》　FACEBOOK LOVE STORIES　　大田出版

「嗯。」

這瞬間，兩個人都知道，即使剛剛如斯親密，現在彼此距離都遠了。

可是，這樣比較好吧。

若和一對兄弟都有一夜情，眞的太荒謬了。

羅蓓卡把頭髮用毛巾又擦了擦，點點頭：「很開心認識你，謝謝。」

「謝謝」兩個字，一出口，兩個人距離更遠了。

「妳頭髮還沒洗好……有泡沫。」李陽低聲說。

「我回飯店再洗好了。」

「我送妳回飯店。」

「不用了，我叫計程車。」

「這裡計程車不好叫……要走一段路。」

「我喜歡走路。」

「……」

李陽抬眼看看羅蓓卡，羅蓓卡也看著李陽，兩個人就這樣沉默半天，美容院窗外

的雨還是嘩嘩嘩地下著，黑色皮製椅座的洗手檯的盆子，有細細的水流聲，天花板上日光燈眨著眨地，感情風景變化太快，外頭天色跟著整個暗下來。

「我送妳吧，等我一下。」

李陽下定決心，像個大男人，一切都不管的語氣。

這是文森的弟弟，小文森一輪的弟弟，羅蓓卡沒有忘記。

羅蓓卡拿起包包，接過李陽給她的雨傘，沉默地看著李陽快速關掉美容院的燈，鎖好門，跟在後頭，沿著街走到巷口，附近小店的燈都亮了，許多人擁擠在街頭。

「等我一分鐘。」李陽走進一家小小的冰飲店，和一個穿汗衫的中年男人笑著講了幾句話，拿了鑰匙走出來，發動了巷口的一輛紅色轎車。

在車上，李陽再沒提起剛剛發生的事，沿途頂多指著一些建築物介紹，那座白色平房是煉油廠的醫院；夏天到的時候，兩側鳳凰木的花會開得豔紅；半屏山公園在一個門裡面，電影院前面是一座小花園，旁邊有很大的停車場；電影院後面是山，山上還有公墓，像電影裡那種排列整齊的公墓，公墓旁邊有一大塊花圃。

「我老哥剛上台北時，說了一個笑話……他本來以爲每座電影院前面都是有花園，後面有停車場，因爲我們家後來搬到莒光，莒光附近都是眷村，也有一個電影院，前面有花園，後面是停車場。結果我哥唸高中的時候，第一次看電影，他跟同學去，同學帶他去百貨公司，他很驚訝問同學：『不是要去看電影嗎？』因爲他認爲電影院應該都有花園跟停車場……哈哈。」

羅蓓卡笑出來，她聽過賈瑞講過類似的話。

「我也是到台北唸書，才發現煉油廠是個世外桃源，換句話說，我像井底之蛙；我老哥比我好，他高中到台北唸建中，很早就認識台北的環境，我是在煉油廠附屬的高中國光中學畢業，現在國光中學已經改名了……我其實很不適應台北生活，幾年大學還是不適應，就跑回來。」

「嗯。」

「當完兵，在台北找不到適合工作，本來在叔叔的水電行打工，修什麼浴缸、馬桶，也做過立委助理，我另個叔叔是立委，妳參加過我哥的婚禮吧？眞可笑，搞得轟轟烈烈，三個月就離婚，我老爸老媽氣壞了。」

羅蓓卡很清楚文森和蜜雪兒那場婚禮。

「你們的社區很好啊，這樣自給自足的地方，我從來沒見過呢。」

「也很懶散，容易讓人沒有企圖心，我就是這樣從台北逃回來。」

「我還是覺得很美的地方。」

「適合養老。」

李陽笑著，車在羅蓓卡的旅館門口的馬路停下來。

「到了。」

「嗯，謝謝。」

窗外燈火通明，兩個人在黑暗的車內對望一會兒，竟不知怎麼接話。

心口扎扎地，好像有個捨不得的東西，必須在這時候決定要或不要。

也許明天就消失了。

「明天，想去半屏山公園嗎？」

李陽，看了她半天，擠出這句話。

「不了，我該回台北工作，同事打電話來催了。」

「很可惜喔，很多台北人都沒來過，就算是高雄人也一堆人不知道這地方。」

「我也覺得很可惜……也許下次。」

羅蓓卡言不由衷。

下次？她想，下次她即使來高雄，也不可能遇到他或主動找他。

「下次，妳會找我嗎？」羅蓓卡不想回答這題目。

「我要回旅館洗頭了。」

李陽露出笑容，伸手把她的頭髮撥亂。

「還有洗髮精味道哩。」

「對啊，香香的花香。」

「喂……妳跟我老哥在一起過吧？對不對？我有這種直覺，不要否認了。」

李陽的手指停留在她的肩膀上，冒出這句話。

她愣住，不知該答或不答，聲音在喉嚨咕噥著。

「就算妳跟我老哥在一起過，爲什麼？」李陽的食指捲著她的髮絲，嘆氣：「就因爲他是我哥嗎？」

當然不是，但，她又在意什麼，一下子慌起來，非常矛盾，羅蓓卡覺得這眞是太難回答的問題，不是這原因，不該是這個原因。

「妳喜歡我，對吧?!」

李陽低聲又說。

羅蓓卡還是沉默，是，她喜歡他，可是，可是什麼？爲什麼？……她不知道。

「不要我陪妳回旅館嗎？」

李陽拉起女人的頭髮放在嘴唇吻了一下。

那造作的動作，羅蓓卡頓時大笑出聲。

笑著笑著，忽然間，懂了，都懂了。

她不捨的部分，恐怕不是文森或李陽，而是那種高雄煉油廠男人的可愛氣味，就像「高雄煉油廠」這五個字，自賈瑞講過，在她的心底，早已形成一個奇異的「世外桃源」，一個神秘的地方。

那是跟賈瑞這段感情，不能冒犯的地帶。

羅蓓卡還是忘不了賈瑞，地毯上的污漬也好，黑人靈魂樂也罷，那都是她跟賈瑞僅有的美好記憶，一段深深投入過的情感。

文森，只是一個夏天模糊的記憶，最重要的是他成長的背景，她喜歡他，不是愛，也從未懷念過他。

羅蓓卡靜靜凝視著李陽，打開車門。

高雄煉油廠，這五個字這樣挑逗著她的慾望，她眞的被逗弄起來。

夠了，高雄煉油廠，她希望這五個字還保留一塊淨土，在她心底。

「不要……我陪妳進旅館？」李陽又問了一次。

「我自己可以。」

她微笑看著李陽，反握男人的手，用力摟住他、拉近他，在他的唇上深深一吻，迅速關上車門。

高雄煉油廠的男人，曾經是她的最愛，痛過、甜過、傷過、愛過。

羅蓓卡只想留下這個夢，不只是這地方，是感情中純美的部分。

這樣很好。

也許等一會，她會在旅館的浴室洗頭時，後悔起來，渴望男人的體溫。

可，眞的不要跟第三個同一樣環境長大的男人上床了，太蠢了。

現實生活如此殘酷，未曾謀面的半屏山公園蓮池塘，是一個美好天堂，印記般永遠烙在女人心底，就像高速公路上高雄煉油廠那幾管煙囪在橘紅色漸層的黃昏裡冒出熊熊火焰的美景，鳳凰花般在每年夏天驪歌唱起，血一樣盛開……

她寧可當傻女人，也不願摧毀這個夢。

走進旅館大門，冷氣襲來，羅蓓卡發現她的頭髮竟完全乾了，只剩下洗髮精的花香還在耳際纏繞。

Thomas

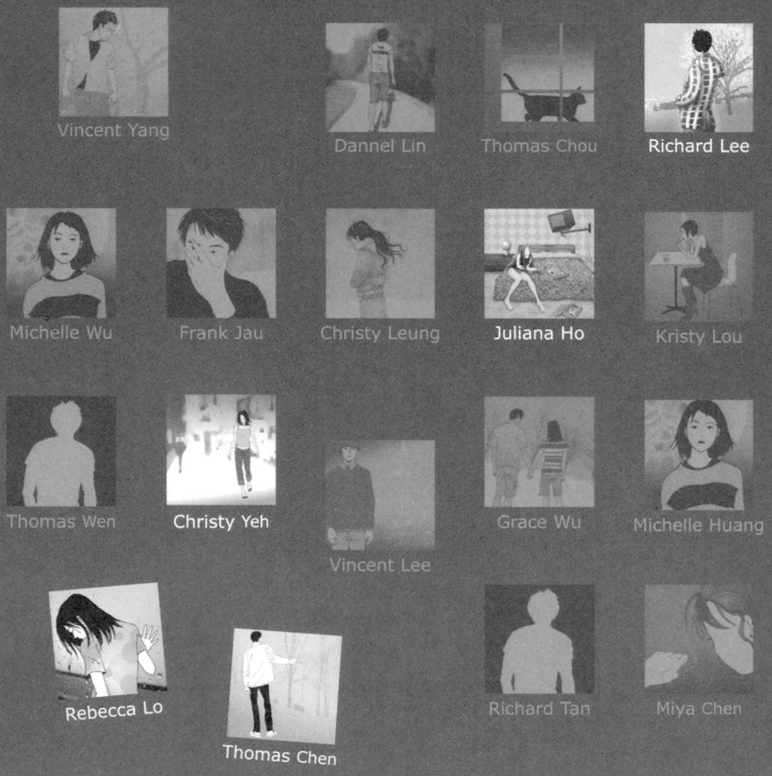

Vincent Yang
Dannel Lin
Thomas Chou
Richard Lee
Michelle Wu
Frank Jau
Christy Leung
Juliana Ho
Kristy Lou
Thomas Wen
Christy Yeh
Vincent Lee
Grace Wu
Michelle Huang
Rebecca Lo
Thomas Chen
Richard Tan
Miya Chen

湯瑪斯，一個好男人。

把酒杯往男人額頭用力砸出去，克莉絲蒂就哭了。

「不要哭……」透明玻璃在地板沾著湯瑪斯鮮紅色的細細血跡裂成紛飛碎片，一地反射星子般瑣碎的光，湯瑪斯不知哪來的溫柔聲語調，克莉絲蒂抽抽噎噎哭得更厲害。

桌上的馬克杯、電視機上的盆栽、陶燒的菸灰缸，屍體一樣躺在地上，這個男人用右手撫著額頭細細的血絲，坐靠在大門口。

「不要丟酒杯好不好?那只酒杯很貴……」

湯瑪斯看著她，血絲蜘蛛網狀纏在手指頭，一滴滴落到地板；她是一隻蚊子被黏在蜘蛛網上，無法動彈，男人此刻竟然還露出笑容。

「對不起……我不是故意的……對不起!對不起!對不起!」

張不開翅膀時，克莉絲蒂終於忍不住哭喊出聲。

湯瑪斯爬過來抱她的時候，她身子一側，推開門就衝出去。

李察把大浴巾丟給克莉絲蒂的時候，打了個呵欠，在櫃子裡拿出一瓶麥卡倫威士忌倒了半杯，便抽起雪茄來。

「什麼天氣？還跑出來？妳不知道是颱風天啊？」

克莉絲蒂瑟縮著，蹲在地板上擦著頭髮，窗外光一閃，跟著幾聲轟隆雷響，雨大了起來，男人邊喝著酒，繼續說：

「妳不能這樣忽然跑來找我，來之前也不打個電話，幸好茱莉安娜去東京旅行，否則這下誤會可大了，半夜三更的。」

「那我走好了。」

「幹嘛說幾句，大小姐脾氣就發作？」

「你不歡迎，我就走人。」

「我哪有不歡迎？高興都來不及。」

李察輕佻地用手指撥開女人濕淋淋的頭髮，也蹲了下來，盯著女人半天，嘴巴的煙霧朝著女人的臉一口氣吐去。

「你的菸好臭。」

「喂，都幾世紀不見，妳怎麼會想到來找我？」

幾世紀，是誇張的形容詞，正確說來，分手後，她就不曾主動找過他。

「你走開……電話借我。」

「怎麼，又捨不得那個男人啦？」

「電話借我。」

克莉絲蒂逕自拿起桌上的無線電話撥起來。

「羅蓓卡，妳睡了嗎？」

李察笑起來，搶過女人的電話，掛上，把女人抱到床上。

隔一天，羅蓓卡聽到整件事的震驚態度，遠超出克莉絲蒂的想像。

「為什麼？」

許久之後，羅蓓卡驚訝的表情沒有改變，只盯著克莉絲蒂看了許久，不知道是震驚克莉絲蒂跟湯瑪斯的關係還是跟李察。

「那個賤男人！」羅蓓卡的下一句。

也許不願意在克莉絲蒂這般憔悴的模樣時把她往懸崖推，羅蓓卡點起一支菸，沒有責備她，卻罵起李察。

克莉絲蒂苦笑，覺得那個「賤」字，等同形容自己。

「湯瑪斯是好男人。」

羅蓓卡輕聲說，克莉絲蒂點頭，卻掉不出眼淚來。

「好男人」三個字像針一樣扎進自己的心口。

克莉絲蒂想不通爲什麼湯瑪斯流血了，還可以對她露出笑容，她對他出手這麼狠，如果換作李察，鐵定什麼東西也跟著砸過來。

恐怖，她一點都不了解湯瑪斯。

從半年前，發現李察跟自己分手一個月不到，立刻讓茱莉安娜搬進她跟李察花了一年多時間裝潢佈置的家，不知道是負氣還是競爭心態，克莉絲蒂不加思索即刻決定讓追求她很久的湯瑪斯搬到自己住的公寓。

許多事情一不留意就改變了，就像不小心開進沒有迴轉巷的車子，她的方向感需要透過薄荷葉來提醒。

「薄荷，一定要隨時保持充分濕度與陽光，否則會枯萎喔。」

湯瑪斯對女人的體貼與細心，從照顧一盆綠色植物可以窺見，他隨時都會記得陽台上有一盆薄荷，並用噴霧器幫薄荷補充水分；李察是不養植物的，頂多買盆觀賞用仙人掌充當綠色裝飾品。

因爲克莉絲蒂喜歡新鮮薄荷葉泡茶，湯瑪斯特地去到花市挑了這盆，克莉絲蒂卻受不了薄荷葉向光的特質，整盆綠油油葉面伸展開來迎向窗外，以背棄姿態背向屋內，兩天，不轉一次薄荷的陶盆，她就有窒息的感覺。

「湯瑪斯眞是一個好男人啊。」

湯瑪斯狩獵到的讚美聲，總是同定時器一樣準時響起。

每一個來家裡作客的女性好友，酒足飯飽後，沒有不露出嫉妒與羨慕的表情，隱性或顯性地表達同一個意思：「世界上怎有這樣幸運的女人。」

湯瑪斯熱愛做菜，更善於清理打掃。

他做義大利麵的香料從來不是普通超級市場隨便就找得到的；對洗衣機的操作比她更熟練；最令克莉絲蒂吃驚的是，每個月的經期來臨，她一定可以在浴室抽屜發現準備好好的一整包新的衛生棉條與衛生棉墊。

如果說要像湯瑪斯這樣才叫好男人，她想她打從少女時代戀愛開始就是文盲，從來不認識「好」這個字。

法蘭克、丹尼爾、文森跟李察都不是這種男人，他們連安全期都是在床事結束才想到要問。

「因爲，妳眞是一個從來沒有被好好疼愛過的女人啊，女人本來就應該尋找這樣的男人，不是嗎？」蜜雪兒說。

基本上，蜜雪兒選的男人一定都非常呵護她，蜜雪兒是羅蓓卡的死黨，雖然克莉絲蒂和她不算太熟，至少見過幾次蜜雪兒和她的男人相處的模樣。

所以，她也可以像一般小女人一樣擁有這樣的平凡的幸福，那瞬間，她把最引以爲傲的身分——「獨立新女性」徹底丟棄，深刻感覺自己是一個幸運的女人。

幸運，整整持續三個月，直到住在新竹的父母興起到台北度假。

克莉絲蒂意外發現湯瑪斯竟然可以和充滿潔癖又挑剔的爸媽相處得極融洽，也許「融洽」還不足以形容，湯瑪斯兩天內就變成爸媽的「半子」，伯母長、伯父短，只差沒叫自己的父母爲「爸、媽」。

「眞的可以嫁了耶。」羅蓓卡當時取笑她。

「湯瑪斯顯然是妳的眞命天子嘛！」蜜雪兒也這麼說。

可以跟自己爸媽討論電話費、水電瓦斯帳單，一起去菜市場買打折大龍骨、空心菜的男人，就是所謂的眞命天子嗎？她疑惑著，幾乎要推翻自己不適合結婚的定論。

只是，在愛情中產生疑惑時最不該發生的事，鐵定是遇到舊情人。

「在對的時間遇到對的人、在錯的時間遇到錯的人、在對的時間遇到錯的人或在錯的時間遇到對的人。」

網站上流行已久的四言絕句，她從來沒清楚辨識過自己遇到的男人是對或錯？時間或對或錯？只發現這四句，並非是熱戀中的人專屬權利。

那天，去福華飯店談公事，在樓梯口遇到文森，克莉絲蒂幾乎想立時逃走，那是幾年前分手的男人，染著一頭鮮豔金髮，戴著藍色的透明隱型眼鏡，對她微笑：「妳來看我的攝影展嗎？」原來他在福華畫廊有個展。

文森看起來非常時尚，完全脫離以前那個懷才不遇的落魄藝術家形象，克莉絲蒂只是發窘自己竟是一身無聊的套裝，因爲和湯瑪斯在一起安定了，加上這幾天爸媽來，她收拾起標新立異的裝扮。

「說不定這是一種考驗或者檢查喔，不遇到舊情人，怎能比較現在的幸福？再想想看，當初妳跟他們在一起爲什麼那麼痛苦？他們是妳要的男人嗎？眞的適合妳嗎？」羅蓓卡變成心理醫生，提供起藥方，這是知己女性朋友的本事，即使當垃圾桶，也專業得很。

而，這種愛情體檢，老實說，她寧可身染絕症，也不願再面對一次。

遇見李察與茱莉安娜盛裝牽手走進餐廳那瞬間，就讓她恨不得即刻病發。

羅蓓卡前五分鐘才給了藥方，瞄一眼那兩人，推推她的肩膀開玩笑。

「健康檢查，不夠徹底喔。」

「我知道。」克莉絲蒂沉住氣。

雖沉住氣發狠不回頭看茱莉安娜和李察。

但，她確信，他們兩個人一進門就發現自己了，餐廳客人很少，而茱莉安娜分明故意挑一張離她很遠的桌子，用完餐，李察和茱莉安娜連咖啡都沒喝，買單後就走人，李察也沒有回頭看她一眼。

「這樣的男人，怎麼能和湯瑪斯相提並論呢？」

羅蓓卡目睹現狀，冷冷地提醒她。

「可是……我沒塗口紅，而且妝都掉了。」

「放心，妳怎麼樣，湯瑪斯都不會在乎的。」

「我在乎，我，我在乎我自己，我受不了自己穿得這麼邋遢。」

「妳在乎的是茱莉安娜吧？」

羅蓓卡說完，挫敗感迎面痛擊而來，她不僅是心理醫生還是拳擊手。

這一拳是輕量級吧，克莉絲蒂又給自己一拳。

她，怎麼可以這麼不光鮮地出現在舊情人眼前？

特別是舊情人和他的新女人在一起？太難堪了。

「我不懂，妳還愛那個男人嗎？」

「李察？怎麼可能？」克莉絲蒂輕蔑地。

她，她只是捨不得那個大浴室，李察的房子裡那個重新裝修的浴室花了她許多心血，從質材、砌磚、燈光、蓮蓬頭、毛巾架到放肥皂的瓷盤，都是她跟李察逛了無數家店選購的，而且經過無數次爭執與溝通。

李察和她分手前，一定就背著她跟茱莉安娜偷情，否則爲什麼這麼快就讓茱莉安娜搬進去她跟他一手打造的公寓？說不定他們在背後正嘲笑自己：「不過是一間浴室的監工嘛！」克莉絲蒂狠狠又搥了自己一拳。

「妳不覺得妳很自私嗎？妳不曾想想湯瑪斯嗎？站在他的立場想一想，他可是妳選擇的，沒有人拿槍逼妳說一定要跟湯瑪斯在一起。」

對，她還有湯瑪斯，深愛自己的湯瑪斯。

羅蓓卡一直是站在湯瑪斯那邊的，這讓她更感可恥，自己男人的好，要朋友來提醒。

克莉絲蒂又想起湯瑪斯頹坐在地板上流著血絲的手指頭，一地玻璃碎片映著光點，湯瑪斯在笑，湯瑪斯爲什麼可以那樣露出笑容？湯瑪斯笑的時候會露出左頰淺淺的酒窩，不過昨天她離開時，那個笑容沒有酒窩，是因爲酒窩已經鑲在湯瑪斯的額頭，滴著蜘蛛絲般酒色的血液。

那笑容和湯瑪斯與爸媽窩在客廳的沙發看九點半檔連續劇完全不一樣，遇見李察與茱莉安娜那一晚，回家一開門，看見他們三個都盯著連續劇笑，回頭看她，一致說：「妳下班了啊？」

自己的男人和自己父母處得那麼溫馨，是都會眞實愛情劇少有的情節吧？應該很感動的時候，她竟尷尬地點了點頭站在門口，立刻躲回房間。

湯瑪斯到房間，抱抱她，關心地問：「怎麼了？」

爸媽也一起跑來問：「怎麼了？」

她突然聽見薄荷的葉瓣在靜默的深夜，朝著同一個方向伸展的聲音。

如果還能笑，就不要哭。

按下抽水馬桶的按鈕，滿滿流水立時從漩渦中撤退，只留下抽抽搭搭的嗚咽聲。

克莉絲蒂討厭哭泣的聲音。

哭，這件事，在別人身上，也許有用，對她卻從來不是有效工具。

十三歲的時候，因爲不肯吃紅蘿蔔被父親吊起來打，哭，只有讓她挨更多鞭子。

父親狠狠說：「還哭？我希望妳好，有錯嗎?!」

主管罵人的時候，哭，只有讓上司表面安慰，背地裡更確認自己毫無能力：「女人就只會哭！公司可不是殯儀館，付錢來給人哭！」

法蘭克的妻子跑到公司給了自己一巴掌，之後放聲大哭，那女人糊了一張臉的妝極難看，同事們都站在一旁默不作聲，她挺著背脊站在那裡，冷冷摸著自己紅腫的臉頰，心想，旁邊的人不知同情她還是那女人。

湯瑪斯，是第一個在她眼前哭泣的男人。

李察沒有眼淚，他們總在爭執時使盡最尖銳的字眼相互折磨，直到彼此完全失去控制，至於淚水，多半是在性高潮時與汗水一起湧出。

湯瑪斯，卻是第一個讓她哭泣的男人。

討論「眞命天子」的時候，羅蓓卡曾開玩笑說：「男人的好要從細節看，一個會讓女人很介意在他面前放屁的男人，是很難生活在一起的。」

蜜雪兒並不同意，她一點也無法忍受所謂「戀愛變成生活」就必須醜態畢露破壞戀愛浪漫的姿態。

「爲什麼會想膩在一起？生活在一起？或者結婚？不是都因爲兩個人太喜歡對方，喜歡原來很美好的部分嗎，戀愛的人更應該珍惜戀愛的美好空間，彼此尊重才對。」蜜雪兒說。

那一刻，克莉絲蒂震了一下，想到「空間」這件事。

充滿薰衣草香精油味道的大浴室，是她自己買的房子，完全照自己的意思；米白色的大浴缸有淺咖啡色的浴簾，暗紅色裝香皀的瓷盆，灰藍色盆景種植的綠葉，灰綠色的毛巾，這些都是她熟悉的景色，但是，鏡子旁邊那個白色刺眼的木頭櫃、放置牙刷、刮鬍刀的黃色陶杯與水藍色擦手巾掛鉤，竟讓她無法忍受。

默默換掉就好，或者睜一隻眼閉一隻眼不去管它。

她心底卻明白，不過是一些小東西，都是湯瑪斯的體貼心意。

一個人深愛另一個人，最直率的示愛行動就是付出，付出盡可能的關懷心意，好讓自己在這段情感關係裡充滿不可或缺的重要位置，那是參與感吧，像熱中於班聯會的代表或政黨召集人。

爸、媽上台北的參與效率，從近日陡然增加的一堆實用性十足但毫無顏色搭配性的東西中一覽無遺；地板上的座墊、印著廠商LOGO贈送的水杯、客廳的垃圾桶；曾幾何時，連臥室的床單、沙發都改變了位置，公寓門口的樓梯旁也增加一個塑膠製的鞋架，擺著男人大大的布鞋與皮鞋。

克莉絲蒂終於理解湯瑪斯跟爸媽爲何可以處得那麼好，他們的參與性格那般一致，爲同一目標，同一空間，也許她該覺得幸福？她正在被他們強烈地愛著，並被參與著，愛，結構成一張綿密的蜘蛛網。

那我的參與空間在哪裡？

克莉絲蒂不知不覺喘起氣，想不出該哭還是笑。

「妳，爲什麼不哭？」李察說。

在一起的時候，李察最恨她露出這種表情。

「妳，爲什麼要哭？」

羅蓓卡無法思考爲什麼她打傷了湯瑪斯，自己卻哭了。

「他，爲什麼可以那樣的笑？」

想到湯瑪斯的笑容，她就崩潰。

如果爸、媽前兩天沒回老家，肯定站在湯瑪斯這邊，和羅蓓卡一樣。

克莉絲蒂閉上眼就可想像媽媽會立刻跑去找湯瑪斯抹拭他的傷口，哭喊：「妳發瘋了！」爸爸大概不發一語，冷冷看著她吧。

只有自己完完全全被遺棄，自己辛苦了十年存錢買的一個家，被徹底拋棄。

這已經不是她的家，是湯瑪斯的家。

沉醉在愛的時候，她毫無察覺，湯瑪斯的好男人行爲正一點一點、一個一個部分強烈吞蝕自己的空間，被愛著的她，就像陽台上的薄荷葉無時不刻吸收著水分，即使過度飽和也無從抗議。

克莉絲蒂懷念李察的公寓，李察挑的油漆、她挑的色票，兩個人親自粉刷的寶藍色牆壁、選購的紅色沙發、銀製的鐘，那裡有她與李察爲每一個細節爭論後的情感，那是他們共同參與的。

「如果妳可以三個月沒有知覺，讓湯瑪斯無聲無息的改變這一切，顯然妳習慣了這一切？」

夜裡，羅蓓卡不知何時幫克莉絲蒂倒了一杯酒。

「習慣三個月，不表示第四個月可以繼續習慣。」

「可是妳默許。」

「我確實是默許，我默許湯瑪斯對我的好，我從沒遇到這樣的男人，他那樣對待我，我很感動，如果還挑剔，不是太不知足了嗎？」

「果然，像蜜雪兒說的，妳從來沒有被好好愛過。」

「也許不是愛或不愛的問題，那地方，根本沒有我參與的空間，湯瑪斯什麼事都安排得好好的，反而變成我很任性；爸媽在的時候，他特別仔細，配合我爸媽品味，我根本不知道該做什麼？他們爲我做這麼多，可是很多東西都是我無法忍受的，結果表情一不高興，就顯得我很不孝、不體諒人。」

「父母不會這樣想的啦，再怎麼任性，還是疼。」

「我就是受不了我爸媽對小孩好的方法，才逃出來，自己買房子。」

「……」

「我兩個姊姊都很年輕就結婚了，那是最直接逃離家裡的方式。」

「……」

「用結婚來逃避很蠢，只是我也不需要另一個爸爸或媽媽來照顧我。」

「唉，湯瑪斯是一個好男人。」

羅蓓卡沉默半晌，再次說到這句話，語氣流露出無奈。

「好男人沒錯，可是我竟充滿厭惡感，甚至厭惡湯瑪斯的好，更蠢對不對？」

克莉絲蒂說著說著，放下手中的酒杯，哽咽了起來：「我覺得好寂寞，明明被愛著，卻好寂寞。」

克莉絲蒂回家，是兩天之後的事。

趁著午後，湯瑪斯還在公司上班，克莉絲蒂從樓梯玄關鞋櫃的長靴裡拿出備用鑰匙，開門進屋。

客廳的地板乾乾淨淨，家具都擺在適當的位置，陽光斜斜地從白色的窗簾滲透進來，風吹著，紗質窗簾一掀一掀地飄動著，整個屋子的氣氛充滿祥和的寧靜感，她霎時錯覺這一切好像從來沒有發生過。

「逃避，不是辦法。」

羅蓓卡今早上班前趕人的說法，用了最精確的通俗句子。

「昨晚，湯瑪斯打電話給我，我說妳在我這裡，他說他就放心了。」

克莉絲蒂可以想像湯瑪斯電話中的語氣，心卻揪了起來，生出愧疚感，像一個做了壞事的小孩。

可是，爲什麼我要愧疚？

湯瑪斯霸佔我的房子，讓我有家歸不得，爲什麼我要愧疚？那是我買的房子，我還有六百萬的貸款要付清，那是我的房子啊。

一堆理直氣壯安慰自己的理由，還是遮掩不了自我厭惡感。

克莉絲蒂厭惡自己竟然感覺愧疚，卻也明白自己的忍耐度已達極限，蓋子一掀，整鍋熱水溢了出來。

那夜，發現湯瑪斯把她的一只心愛的咖啡杯洗裂，她按捺著脾氣拿出一只紅酒杯倒酒，看見湯瑪斯若無其事，並且沒有表示歉意還哼著歌曲切著水果，長久累積的情緒就爆發了。

「爲了一個咖啡杯？」

羅蓓卡剛開始聽到事情的引爆點，覺得十分荒謬。

「是具有紀念性的咖啡杯。」

克莉絲蒂吶吶回答，不敢告訴羅蓓卡，杯子是李察送她的生日禮物。

羅蓓卡討厭李察的原因，除了他們性格不對盤以外，事實上，還來自李察曾試圖勾引羅蓓卡，那是克莉絲蒂跟李察還在一起的時候。

他們分手後，羅蓓卡才把這件事說出來。

「賤男人。」是羅蓓卡對李察唯一的尊稱。

但，李察是不是賤男人都不重要，重點是茱莉安娜這名字，卻是克莉絲蒂致命的傷口。

克莉絲蒂厭惡任何一個叫做茱莉安娜的女人，因爲茱莉安娜總是輕易奪走她的男人。雖然第一個男人嚴格來說，不算是她的男人，卻是她初嘗戀愛滋味的對象，那年克莉絲蒂十八歲，在補習班有個喜歡極了的英文老師，英文老師剛從研究所畢業，有一口潔白的牙齒，講課比手劃腳、生動有趣；上課時，老師明顯對她特別照顧，下課後也會約她到附近餐廳吃飯，一次過馬路，還牽起她的手，讓她心跳不已，她想這應該是戀愛吧，說不定她和兩個姊姊一樣，命中注定都會在二十歲以前結婚……直到新來的櫃檯小姐茱莉安娜的出現。

當她陪李察出席公司的尾牙活動，遇見穿著細肩帶鮮紅色小禮服，坐在椅子上會故意交叉雙腿、露出雪白大腿的茱莉安娜斜瞟著她、對李察露出微笑，克莉絲蒂就知道她跟李察玩完了，李察喜歡高䠷長腿美女，並且沒有抵禦能力，她一定會敗在這種女人手上，重點是，這個女人的名字竟然叫做茱莉安娜。

當羅蓓卡說到李察勾引她的事件，爲克莉絲蒂抱屈，克莉絲蒂竟然平靜地注視著羅蓓卡裹在緊身牛仔褲裡修長的腿，想起茱莉安娜塗著鮮豔唇膏右手勾著李察大笑的紅唇，那時候李察的身體動作沒有拒絕，卻露出無辜表情對克莉絲蒂做鬼臉。

她視若無睹平靜地說：「我有點累，李察，我們回家好嗎？」

十八歲的生日，英文老師答應她要請她吃牛排慶祝，也曾露出一樣無辜的表情，老師說：「克莉絲蒂，對不起，我有個重要的約會，明天再幫妳慶生好嗎？」半小時後，她看見老師和櫃檯小姐茱莉安娜親暱地牽著手、有說有笑。

似乎名字喚作茱莉安娜的女人，都擁有高眺身材和一頭長鬈髮，令人厭惡，就像台北東區那家著名的夜店「茱莉安娜」，幾次朋友邀約，她打死不想去；甚至在公司上班時，有一些試片活動邀請網友報名參加，她看到暱稱或帳號茱莉安娜，總是刻意略過，雖然知道不應該，卻控制不了自己的行止，因此得罪一個知名部落客，當老闆大發雷霆時，克莉絲蒂才發現暱稱茱莉安娜的這個部落客是一個報社影劇版資深男記者。

「湯瑪斯，是茱莉安娜的前男友，一個玩搖滾樂的英國人……我最近發現她和湯瑪斯還是常通電話。」補習班的青澀年華，英文老師每一句煩惱，都像針一樣刺痛克莉絲蒂，克莉絲蒂很清楚老師只是把自己當學生、當妹妹，即使心如刀割，十八歲的她還是義無反顧演了一整年老師的苦水垃圾桶。

那麼，三個月前會接受湯瑪斯的追求，是不是基於這個因素？還是因爲湯瑪斯是個好男人？回想起來，克莉絲蒂覺得好混亂。

最混亂的是，克莉絲蒂不知道等一下該怎麼面對湯瑪斯，他額頭上的傷，不要緊吧?!昨天還可以打電話給羅蓓卡，應該還好吧。她躺在沙發上胡思亂想，才瞬間，窗外竟是燈火通明，只有她一個人埋在黑暗的客廳裡。

電話嘟嘟嘟響了起來，她猶豫半天。

「克莉絲蒂妳還好嗎？」

聽見羅蓓卡的聲音，她鬆了一口氣。

「啊，還好。」

「跟湯瑪斯談過了嗎？」

「還沒，他還沒下班。」

「沒事吧？」

「沒事。」

「妳的聲音怪怪的？」

「沒啦，剛剛回到家就一直在發呆，湯瑪斯把客廳都收拾好了，沒事啦。」

「那就好，妳眞的需要跟湯瑪斯好好聊一聊，一定有解決辦法的。」

「我知道。」

「看事情怎麼樣，再打電話給我囉。」

羅蓓卡眞是好朋友，不過，她不曾仔細跟羅蓓卡提過茱莉安娜的情結，很艱難，爲了連什麼事都沒有發生的英文老師，太蠢了，羅蓓卡一定會覺得很可笑。

電話又響起，這次是手機，湯瑪斯眞細心，把她的手機放在充電器上。

「喂。」

「我是李察，找了妳兩天，妳沒帶手機啊？」

「啊。」

「我打妳的手機，電話都沒人接，轉到語音信箱，我給妳留了話，妳沒聽到嗎？」

「我還沒聽留言。」

「妳家男人啊，昨天晚上打過電話給我。」

「湯瑪斯？」

「他問我，妳是不是在我這裡？怎麼搞的，他怎會有我的電話？妳跟他講的嗎？」

「怎麼可能？」

「我不管怎麼樣，茱莉安娜回來了，這讓我很麻煩，可不可以請妳家男人不要再打電話過來。」

原來，原來是因爲茱莉安娜，克莉絲蒂怒火中燒，大聲喊出李察的中文名字：

「李瑞鴻！」

電話裡的男人愣了一下，半晌才發出聲音。

「對不起，克莉絲蒂，我心情有點亂。」

「……」

「對不起，不要生氣。」李察的聲音變得柔軟：「昨天晚上，忽然接到湯瑪斯的電話，很怪，我說妳不在我這裡，我說我們很久沒聯絡，他不相信，說要到我家確認，還說……如果我碰了妳，他會砍斷我的雙手，可是我不知道妳怎麼對他說，我……」

克莉絲蒂突然昏了頭，她沒想到溫柔的湯瑪斯會做這種事。

「克莉絲蒂，我不知道怎麼說，我很想念妳，那夜非常棒，很久沒這樣了，從我們分手後，第一次感覺這麼快樂，只是……茱莉安娜的醋勁很大，我還沒準備好怎麼面對……妳了解嗎？」

克莉絲蒂還在發暈，怎麼會？湯瑪斯怎麼會做這種事？砍斷李察的雙手？不！這怎麼會是她的湯瑪斯會說出口的話？那個大家口中的好男人？

「克莉絲蒂，妳還在聽嗎？」

「我在。」

她混亂地，腦袋交疊混濁著一幕又一幕湯瑪斯撫著額頭的傷口，柔聲笑著說：

「不要哭……」血絲從他的手指流下來，網絡一般鮮紅；然後，李察抽著雪茄抱住她到

床上膩聲說：「我，無時不刻想妳……」大口喘著氣，從胸口吻起她。

她只記得李察的臥室，寶藍色的牆壁掛上一張放大沙龍照片，照片女主角是茱莉安娜，品味這麼挑剔的李察竟然不在乎，之前他們在一起，爲了寶藍色牆壁偏藍或偏紫的色系、爲了掛梵谷或米羅的版畫吵了一個早上。

「妳離開後，第二天我睡不著，留話給妳……」

那夜沮喪跑出去，她什麼都沒帶，什麼也沒想到，這一刻，卻心慌起來，克莉絲蒂心想，李察留話給她，湯瑪斯一定聽過她的手機留言了，如果會那樣說，他一定聽過了，他聽到了李察的留言。

「克莉絲蒂，我們還可以繼續嗎？」

「你說什麼？」

「我說，我們還可以繼續嗎……」

「茱莉安娜不在的時候嗎？」克莉絲蒂突然清醒了。

「不是，我，我會想辦法解決這件事……我……」

李察頓一下，克莉絲蒂哼一聲，解決？她都還想不出怎麼解決跟湯瑪斯的事，這個明顯被茱莉安娜吃得死死的男人竟然這樣說，她已經忘記應該難過還是氣憤。

「克莉絲蒂，如果我跟茱莉安娜分手，妳還願意嗎？我說我們兩個？」

克莉絲蒂愣了一下，在電話裡大笑出聲。

「你想被砍斷雙手？我可不想。」

「克莉絲蒂……」

她的笑聲裡除了輕蔑，更多的無奈。

颱風夜在他家，清晨驚醒她的鬧鐘，嚇了她一跳，她沒想到，這男人連床頭櫃的鐘都改變了，過去她和他曾經挑選多時的銀質鬧鐘與聲音不知收藏在哪裡，只聽見日式的Hello Kitty的鬧鐘大吵著：「喔，嗨，喲！」

她想不出李察的所謂堅持，標準在哪裡？在於所遇到的女人吧，茱莉安娜一定是充滿參與感的女人。

「克莉絲蒂……說眞的，我發現世界上只有妳，才是最適合我的女人。」

李察的聲音充滿柔情，客廳的燈瞬間亮起來，湯瑪斯打開門。

「我再打給你。」

克莉絲蒂一震，立即按掉手機，同電源一起關掉。

「怎麼不開燈？」

湯瑪斯笑著，額頭上貼著紗布，絲毫無損他臉部開朗的表情。

「吃過飯了嗎？」

「還沒，一直在沙發昏睡，剛剛被羅蓓卡打電話吵醒。」

「冰箱還有烏龍麵，等我一下。」

說完，湯瑪斯脫下西裝外套，就走進廚房，那背影跟從前一樣，感覺卻像個陌生人，她說不出這奇異感覺。

克莉絲蒂知道湯瑪斯看見了她的僵硬，她只想打開手機聽李察的留言，剛剛李察最後一句話是這樣說吧。

「克莉絲蒂……說眞的，我發現世界上只有妳，才是最適合我的女人。」

聽錯了嗎？

她曾經渴望很久的話，爲什麼是現在？她搖頭，一定聽錯了，她不相信李察會說這種話，就像不相信湯瑪斯會說：「如果你碰了她，我會砍斷你的雙手。」

克莉絲蒂握著手機，心亂如麻，像蜘蛛網裡迷路的蚊子。

吃麵的時候，湯瑪斯打開日本台的綜藝節目「火焰挑戰者」，呵呵笑著，完全沒問她這兩天的事，她忐忑地，湯瑪斯額頭上的紗布在燈光下亮晃晃。

「看了醫生了嗎？」

「嗯，縫了兩針。」

「沒有玻璃碎片殘留吧？」

「放心，我把地板都仔細擦過了。」

湯瑪斯把她摟在懷裡，目光還是注視著電視，顯然不想提那夜的話題。

「湯瑪斯……」

「要不要喝冰的薄荷茶，我早上把薄荷的葉子摘下來，用冰糖煮了一壺……」湯瑪斯站起身去開冰箱。

「湯瑪斯……」

家用電話嘟嘟嘟響起，她和湯瑪斯對望了一眼，湯瑪斯左手提著透明的冰茶瓶，右手去接了電話。

「……哦，伯母啊，前兩天颱風，新竹還好嗎？嗯嗯，嗯，我知道了，不要擔心，您等一下喔，我叫她來接電話。」

克莉絲蒂鬆了一口氣，過去接電話，媽媽好像不知道她跟湯瑪斯吵架的事，叨叨唸了一下她的生活習慣，最後又提醒一次。

「要好好對待湯瑪斯，可以容忍妳這種壞脾氣的男人很少了。」

「媽，我知道。」

「湯瑪斯是個好男人啊。」

這句話，聽起來非常刺耳，像對自己的懲罰。

才掛上電話，電話又響起，湯瑪斯看了她一眼，克莉絲蒂停了一下，接起電話。

「喂，啊，羅蓓卡，不好意思，我手機沒電……我剛吃完麵呢，湯瑪斯剛剛煮了麵給我吃……」

湯瑪斯笑了，轉頭繼續看著電視。

不知道爲什麼，克莉絲蒂厭惡湯瑪斯露齒一笑放心的表情，只覺得今晚過得非常難受，每一分、每一秒，一顆心都像懸在半空中。

「妳要跟湯瑪斯好好溝通。」

羅蓓卡最後再次提醒，克莉絲蒂火了起來。

難道，我眞的像任性的小孩嗎？我只要求我想要的，這樣算任性嗎？因爲我遇到一個大家認爲罕見的好男人，所以變成我不對了？這是什麼邏輯？

她想到羅蓓卡有一次形容過去戀人賈瑞，那類無辜型的男人是羅蓓卡的天敵；羅蓓卡當時苦笑地說，這種男人的脆弱與誠實，是多麼恐怖的一種武器。

他們是那種溫柔、細膩、敏感的車禍肇事者，當妳被撞倒在地上，他們下車時傷痛欲絕的表情比躺在馬路上的妳還令人同情，他們當時確實是發自內心感受、毫無虛假，連旁觀者都不忍，覺得妳爲什麼要跑過來讓車輾過？活人比死人更要承擔痛楚百倍。

羅蓓卡說，我就是那個「笨蛋死者」，賈瑞的性格正是這樣，連身爲死者的我有時都覺得自己太殘酷，他那麼脆弱。

可是，誰是眞正受害者呢？

克莉絲蒂吸了一口氣，再也忍不住，羅蓓卡爲什麼不了解自己才是跟她站在同一條陣線的作戰夥伴？

「湯瑪斯。」

「嗯。」

「湯瑪斯，你不覺得我們應該好好聊一下。」

「嗯。」

湯瑪斯眼睛還是盯著電視，背對著她，沒有動靜。

「湯瑪斯，我有話對你說……湯瑪斯！」

她走過去用力拉湯瑪斯的時候，才發現湯瑪斯竟是滿臉淚水盯著電視螢幕播放的「火焰挑戰者」節目。

「湯瑪斯……」

克莉絲蒂咬了咬唇，這是她第一次看見湯瑪斯哭泣，男人怎會哭成這樣？心中竟充滿母性憐憫，不，我不要當羅蓓卡那種「死者」，她鐵下心。

「湯瑪斯，我想……」她語氣清晰繼續說。

湯瑪斯低著頭，突然緊緊擁住了她。

「不要說，什麼都不要說了……我不要聽。」

湯瑪斯哽咽地大喊，手指的勁道更用力，深深掐入她背脊的肌肉。

「克莉絲蒂，不要離開我。」

男人的眼淚一滴一滴濕了她背部的衣服，克莉絲蒂愣在那裡。

「我做得還不夠嗎？我一直很努力。克莉絲蒂，我知道妳不夠愛我，可是不要離開我，不要……」湯瑪斯嗚咽地，一個字，一個字低泣。

湯瑪斯像孩子一樣，她一慟，眼眶濕潤了起來，她做不到，眞的。

面對這種武器，她從來沒準備良好的抵禦能力，她只是個自以爲不平凡的平凡小女人。

這一刻，克莉絲蒂深深體悟羅蓓卡當「死者」的眞實心情，並且發覺無論是李察或湯瑪斯，大男人或小男人都一樣，差異的是柔軟姿態；不善表達的以命令口吻、另一種則採取滲透侵略，但他們都掌控全局，她完全喪失抵禦能力。

然後，她摟了摟湯瑪斯，在他背後，看著桌上透明水瓶裡變成暗綠色的薄荷葉一片一片沒有方向感地悠悠漂蕩，而整瓶染成淡綠色的汁液卻冰涼地在玻璃瓶外冒出一顆又一顆晶瑩的水珠。

克莉絲蒂只覺得極度口渴。

Richard

Vincent Chang

Rebecca Lo

Ben Huang

Cathy Wang

Rebecca Yen

Richard Lien

Richard Lee

Arlena Tsai

Juliana Ho

Christy Leung

Alice Chang

Vincent Chao

Ingrid Pan

Christy Yeh

Richard Guo

Arlena Liou

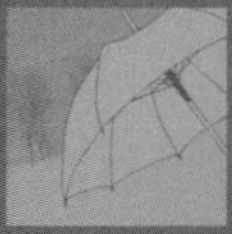
Cathy Lo

Rebecca Wang

李察，夜店男人鬼打架。

張俊龍怎麼思考——這機率都太低，關於打架。

活到40歲，他一直是一個斯文感性的人，從不去健身房的。

青春期，很少和同學起衝突；學生時代，參加過學運，不過是靜坐的角落；工作時，拍攝過許多台灣立法院打架、社會鬥毆場面，拍完所需畫面，就回去吃便當和女友約會……從沒想過有一天自己會變成當事人，和一個叫李察的陌生男人打架。

這一夜，對他個人是歷史一刻。

看了一下手錶，對方遲到了二十五分鐘。

吧台上三角形酒杯中馬丁尼只剩下一口，年輕女孩露出小虎牙的可愛笑容靠過來撒嬌地問：「Vincent，還要一杯嗎？」

張俊龍，先搖搖頭，看見女孩親切的笑容，遲疑一下：「好吧，再來一杯。」

接著看手機，完全沒有手機簡訊符號，前妻愛琳娜說她約好了，應該沒問題吧，自己也和對方通過電話，曹志明，38歲，比自己小兩歲，房地產大亨的第二代小開，也投資很多小企業，最近有興趣投資藝文展覽，因爲有些藝文活動可減稅。

在福華飯店辦完攝影展，張俊龍唯一賣出去的兩件攝影作品，第一個是之前待過十年報社的小老闆買下的，五萬元，感謝小老闆厚愛；第二個是愛琳娜買的，三萬元，也謝謝她有情有義……但，爲什麼是愛琳娜，不是其他人？雖然八萬元不無小補，去除好友贊助場地費用，相片沖洗費和裱框費用，也是一筆開銷，張俊龍不由得苦笑。

「Vincent，你的馬丁尼。」有小虎牙的女孩語氣黏膩地：「你好久沒來喔，什麼？攝影展？哎喲，對不起啦，人家忘記了……一定很棒吧？」

Vincent，是張俊龍的英文名字，大家都這樣叫他，他露出微笑，一杯調酒就要三百五十台幣，以他的酒量，一晚七杯八杯跑不掉，可是，他已經不是那個可以報公費的報社攝影師，當然很久沒辦法來。

「好羨慕攝影家喔！你怎麼可以拍出那些很棒的照片？」

這女孩根本沒去看過自己的攝影展，還能說出這種諂媚的話，但，聽了還是開心，至少隔壁幾個座位的男人，態度都變得禮貌，紛紛轉過頭來，舉杯說些敷衍的話，只是話題越扯越遠。

「哇！你是攝影師喔？」

「你拍什麼照片？」

「你們拍攝時，是不是會有女星露點照，私下藏起來？」

「一定有，以後要去拍賣吧？」

這酒吧，現在的客群素質怎麼下降了？當年我是大報攝影記者時，誰會說這麼蠢的話？好吧，酒吧人事總有汰換，現在根本沒有人認識我……。

手機亮著簡訊訊息，應該是愛琳娜，她作息固定，怎麼還在外面？

「愛琳娜，妳不在家嗎？」

「對不起，我不是愛琳娜……」

聽到熟悉聲音，張俊龍有點嚇到，立刻掛了電話，是凱西吧？

一個月前，從紐約回台北，認識的一個年輕女生，約會過幾次，上過幾次床，就這樣。他自問自己，對她承諾過嗎？並沒有；沒承諾過愛、沒承諾過要結婚、沒承諾過任何事。那麼坦白呢？凱西知道他離過婚，也沒問過自己任何事，他就絕口不提前妻任何事，凱西這般純眞，不需承受這些自己的複雜題目……如果讓她知道，張俊龍會感覺很心疼，自己算挺用心去對待這女生的，那是一個可愛的女生。

一樣可愛的女孩，吧檯有小虎牙的可愛女孩又靠過來，嘟著嘴說：「Vincent，你今天喝酒喝好慢喔，一個小時喝一杯，搞什麼啦？」

張俊龍突然感覺丟臉，等愛琳娜的房地產朋友，已經一個多小時，該不會被放鴿子了吧？小女孩語氣分明是嘲笑，張俊龍不由得火大，決定表現自己豪氣：「我在思考，該不該開一瓶Glenlivet 25年。」

小女孩哇哇哇驚喜的尖叫……張俊龍躺在座位，瞬間感覺女孩的叫聲像直銷保險員的商業語氣，她夾上雙層假睫毛的眼睛、倚靠魔術胸罩撐出的飽滿乳房、被蚊蟲叮咬的雙腿，痕跡畢露……我會不會太清醒了？張俊龍一面反省，一面鬱悶，偷偷打開皮夾，現金是不夠，就刷卡吧。

這時候，曹志明來了。

曹志明和一個男性朋友李察，一起走進酒吧，李察不斷和張俊龍說抱歉，對不起，他們上一攤應酬好累、大頭都在、又走不了，眞的抱歉抱歉，說要開一瓶酒表示歉意，張俊龍心底盤算了一下，是否該讓他們開酒，但，實在不想讓小虎牙的女孩感覺自己寒酸，即刻說：「不用啦，我剛開了一瓶Glenlivet 25年，大家一起喝吧。」

李察誇張地大叫，握緊張俊龍的手，戲劇般說著台詞：「哇喔！Vincent，我們雖第一次見面，沒想到這麼合拍，我最愛這瓶酒，曹總，這可是你最愛的喔。」

曹志明靠著沙發，傻笑著，表情昏昏迷迷……根本醉了。

張俊龍對這情況，感覺很不舒服。

「爲什麼超人不能來救我？」愛琳娜曾開過這玩笑，在她脆弱的時候……可是張俊龍從來不是超人，在愛琳娜前面，他無法掩飾自己越來越自卑的心情。

愛琳娜無論是學歷、經驗、性格，都比他強太多，結婚半年，愛琳娜的事業越來越好，從知名公關公司的小企劃當上主任，最後當上經理，而因爲網路興起、媒體式微，報社攝影師拍的照片，開始被削落計算，淪爲一張四百元、五百元，普立茲攝影獎，離他越來越遠，他越來越覺得自己像渴望當模特兒的平庸女人……不知道該怎麼辦，扮演一個小男人，也是一種選擇，他卻痛恨這樣角色，也不認爲自己能耐就這樣一點點。

「不要看輕了我！」張俊龍很想大聲吼出這句話，卻聽見身邊法蘭克柔聲說：「克莉絲蒂，沒想到會遇到妳？」

推門走進來穿著低胸黑色小禮服的嬌小美麗女人，表情奇異，隨後，門又推開，是個高挑的女人，克莉絲蒂的朋友，小虎牙的女孩親暱地叫她羅蓓卡。

李察熱情地走向前和克莉絲蒂抱了一下，把克莉絲蒂和羅蓓卡拉到座位對面，曹志明奇妙的清醒了，熱情伸出手，和克莉絲蒂、羅蓓卡寒暄，李察接著介紹了大家。

克莉絲蒂對張俊龍露出微笑，溫柔地說：「文森，久仰。」彷彿他是陌生人。

羅蓓卡的笑容公式化一般，也說：「文森，久仰。」

「嘿，我也叫文森呢。」曹志明語氣完全清醒，拍拍張俊龍的肩膀，說：「眞巧啊，難怪我們對味，李察，你說對不對？」曹志明望向李察，李察幽默地聳聳肩，曹志明接著一一發名片給克莉絲蒂和羅蓓卡，盯著羅蓓卡語氣誇張地說：「我是搞房地產的，很俗氣的行業，但我最欣賞有理想的藝術家……」轉頭和張俊龍舉起杯：

「Vincent，文森，就是你囉！我們兩個文森喝一杯吧。」

張俊龍聽到這句話，愣了一下，尷尬地舉起杯，和曹志明對乾，眼尾餘光盯著克莉絲蒂，他和她十天前才在福華飯店見過面，爲什麼現在她把自己當作陌生人？克莉絲蒂是多年前短暫的戀人，那時候他和愛琳娜分分合合。

「女人還是要胖一點啦，男人抱起來才舒服，克莉絲蒂妳這樣太瘦了。」

李察的語氣，看起來對克莉絲蒂充滿興趣，而曹志明目標則明顯鎖定羅蓓卡，開始滔滔不絕說起自己對雜誌出版投資的遠大想法。

張俊龍鬱悶地呑下幾大口烈酒，心底幹聲連連，夜店也可以搞得像酒店？這些男人是怎麼搞的？而這些女人又怎麼搞的？以前去參加愛琳娜舉辦的活動酒會，他最受不了愛琳娜像交際花一樣，到處和男人乾杯，她是公關經理還是酒家女啊？越想越氣。一瞄眼，李察的手竟撫摸起克莉絲蒂的腰，甚至往下到臀，而克莉絲蒂的肢體一直在避開……或許世界上沒有超人，這時候，自己難道不能變超人嗎？

「爲什麼超人不能來救我？」

愛琳娜是這樣說的，他過去做不到愛琳娜的超人，難道不能當克莉絲蒂的超人？

當李察的魔手又伸向克莉絲蒂的腰，他站起來用力握住李察的手，大吼：「你在幹什麼？」李察嚇了一跳，摔開他的手：「你才在幹什麼？」張俊龍一拳打向李察，兩個男人瞬間扭打起來，女人們大聲尖叫，然後，他聽見每個女人的聲音。

「Vincent，你瘋了？」克莉絲蒂說。

「他喝太醉了吧?!」那個叫羅蓓卡的女人聲音。

曹志明害怕地嚷嚷：「誰快報警?!」

「店長，快把他們拉開啦！Vincent喝太多了！」那個聲音是有小虎牙的吧檯女孩。

那一場架，究竟怎麼收尾？

張俊龍完全不記得，身上沒有任何明顯傷痕，右耳骨卻痛了十幾天，警車沒來，愛琳娜來了，狠狠臭罵了他一頓，罵的內容都忘光了，總之那個月，愛琳娜幾乎都不接他電話。

張俊龍再也沒去那個酒吧，小虎牙女孩傳過兩次簡訊給他，關心地問：

「Vincent，你還好嗎？」最近，凱西越來越喜歡幫他接電話，他收到簡訊就刪除。

三個月後，在好友的攝影展酒會遇到李察，李察帶著一個高䠷豔麗的年輕女伴，露出熱情笑容主動地過來和他攀談，並介紹女伴：「我女朋友茱莉安娜。」李察的態度，像什麼事都沒發生過，也完全不提那一夜的事。

三天後，李察打電話給他，說他看過他的部落格，很喜歡他照片的光影，問他是否願意接一個商業拍攝案子，是個有趣的案子，價錢優惠，他沒有理由不接。

幾個案子下來，都非常圓滿，客戶和李察都很滿意，自己也小有成就感。

「接下來，你可以接中國大陸的案子吧？可以出差嗎？」

「可以談談。」

李察比愛琳娜還瞭解他的作品與工作性格，幾乎變成他的經紀人。

更詭異的是，兩個人越來越好，有時會去有女人陪坐的酒店或單純小酒吧喝喝酒，李察喝醉時會略講一下自己和茱莉安娜的爸媽無法相處，感嘆他們都太現實了，只會看錢，讓他有時懷念起一個很熱愛浴室的前女友。

張俊龍極懷疑，李察口中的前女友是克莉絲蒂，內心卻希望不是克莉絲蒂……太尷尬，既然李察從不講她的名字，他也不主動問，畢竟李察幫他這麼多，他絲毫不願意破壞自己和李察的和諧關係。

前兩天，李察約他去他們打過架的那個夜店，張俊龍嚇一跳，仍硬著頭皮去了，有小虎牙的女孩看到他們一起來，眼神雖有驚訝表情，立刻笑盈盈取出Glenlivet 25年的酒瓶，開起玩笑：「你們太久沒來啦！我偷偷喝掉，你們都不知道吧？」

李察笑著：「我當然假裝不知道，可是，小寶貝，妳怎麼瘦了？」

「哇！你發現我瘦了啊？」有小虎牙女孩大叫：「我好不容易瘦兩公斤。」

「女人還是要胖一點啦，男人抱起來才舒服，妳這個小呆子！」李察用力捏了一下小虎牙女生的腰。

「討厭啦！李察！你是大色狼！」小女孩閃躲著，笑著哇哇尖叫。

小呆子，嗯，自己才是呆子吧。

這瞬間，張俊龍忍不住笑起來，想起半年前為了某房地產大亨，叫什麼狗屁志明的來這個店，那天之後，他們再不曾連繫。

Lian Hsu

Leon Lee
Christy Yeh
Suzuki Ichiro
Vincent Yang
Frank Jau
Arlena Liou
Ingrid Su
Juliana Ho
Lian Hsu
Vincent Lee
Michelle Huang
Thomas Chen
Vincent Wang
Cathy Wang
Ben Smith
Gray Jia
Vincent Chang
Rebecca Lo
Ben Smith
Richard Lee

我的感情名單。

搬到上海十個月，我卻從未去過戲院看過電影。

第一個原因是被便宜的碟片寵壞，第二個原因則是來自電影票太貴，上海的電影票幾乎是台北的兩倍價錢，難怪中國大陸什麼爛電影，票房都以千萬或億元人民幣起跳。

鈴木總是說：「徐戀，看電影還是要去戲院看，才能夠有眞正感官感受。」班也附和著：「徐戀，妳應該去戲院看電影。」

好像雙人相聲似的，這兩個熱愛電影的男人最近越走越近，雖然鈴木的中文很流利，最近卻有莫名北京腔，我認爲是班影響的。

班，是上個月我和鈴木在武夷路一家日式創意餃子店「天手古舞」認識的華裔英國朋友，做展場視覺設計，一張東方臉孔，骨子裡根本是英國人。班本來住在北京，兩個月前因爲世博工作跑來上海，很怪也很有趣的人，我們熟絡起來的原因，來自在餃子店聽見鈴木叫我的名字，他就從隔壁桌直接坐過來，盯著我足足兩分鐘，問我是不是台灣人？是否去過清邁？唔，泰國，我搖了搖頭，他似乎有點失落，大概誤認爲我是他的朋友吧，總之，他隨即又露出笑容，熱情地自我介紹起來，說他去過很多國家，也跑遍中國大陸，到北京之前在清邁住過半年……各地風土民情在他口中都栩栩如生、神奇好玩，鈴木對這些故事非常嚮往。

上週，班更直接成爲我和鈴木的鄰居，因爲發現我們公寓樓下有間空房有短期出租，我覺得房東爲了世博亂抬價，應該殺價，班則覺得比酒店公寓舒服多了，也不砍價，二話不說就搬過來。

盛夏的天空，豔陽高照，我幾乎不想出門面對紫外線，鈴木卻從五一假期就陪著班興高采烈去逛世博園區，我想到排隊，就頭昏。

他們說：「妳可以買夜間的星光票啊，晚上燈光很美喔。」

也對，夜晚的上海舒服多了，涼風徐徐，甚至得穿上薄外套……只是，上海世博讓我頭疼，從五月開始，朋友和親戚就陸續跑來上海，難免必須應酬，帶一些第一次來玩的人去吃吃本幫菜，上海菜在這裡統稱本幫菜，吃了一個月的紅燒肉、油爆蝦、熏魚、蟹粉豆腐、生煎包……都怕了，幸好鈴木非常有耐性，他總是一臉笑容。

班說鈴木眞像上海男人，我也同意，鈴木是一個很愛做菜的日本男人，而我的廚藝簡直不堪一提，最大能耐就是泡麵和荷包蛋，我常對鈴木開玩笑：「我和你認識兩個月就戀愛同居，你的好廚藝是大大功勞！」我說的是實話，上海餐館，無論高檔或低檔，每盆菜都過油過鹹，讓我無法適應。鈴木聽了總是笑，班老是揶揄我：「妳遇到難得的好男人喔！」

他們不知道，我一直遇到好男人啊，一個鍋總有它的蓋；廚藝糟的女人就是會遇到廚藝好的男人啊，嗯，我在台灣的上個男友廚藝也非常好，家事也做得一級棒，只是，我從不對班和鈴木提起那個男人。

倒是二〇一〇年世博這段期間，我突然感覺自己不是外銷玩具公司的雜誌主編，而是一個旅行社的小小秘書，竟花了好多時間幫一堆我不認識的人訂酒店、找短期旅館、日租屋以及介紹餐廳、旅遊地點，這些人都因爲上海世博而來，有的是老闆的朋友、客戶的朋友、朋友的朋友、大學同學、以前同事、老媽的親戚的小孩，還有鈴木的日本朋友等等。

他們有老的小的，來自不同地方；有的時間重疊，有的錯開；有的行程一樣，有的十萬八千里；喜好興趣和飲食習慣有的類似，多數差異很遠。

對我而言，簡直可類比艱辛的上海世博工程，光搞清楚這些人的中文名、英文名、日文名和拼音，我差點想辭職，老闆安撫：「徐戀，世博不過到九月，就辛苦妳一下啦，妳的工作，我找人來協助妳。」老媽數落我：「我很少請妳幫忙吧？才幾個親戚，妳就不能幫一下嗎?!」鈴木溫柔地說：「不好意思，辛苦妳了。」班送了我一箱波爾多紅酒，像小朋友一樣無辜：「因爲妳比較熟上海，我英國的朋友，可不可以也麻煩妳？」

誰熟上海了？我搬來不到一年呢？

最後，牢騷歸牢騷，還是盡可能安排，卻還是麻煩透了，這些行政流程都必須有正確資料好預定酒店旅館，無論是老闆、媽媽、朋友通常都只說——

「我的朋友艾莉絲，她的護照英文名字，妳要問她，這是她的MSN。」

「文森是我學長，他是攝影師，我請他Mail給妳。」

「就妳叔叔的鄰居，妳見過的，阿生啦，小戀妳小時候常跟他一起玩啊……」

「佐藤一郎，STAO……」

深夜，我睡眼惺忪把名字資料和需求做了整合，決定第二天一一確認，Email給各酒店商旅，麻煩的是，他們百分之九十都沒有上海手機號碼，我只好全部留下我的手機，以備酒店旅館和店家聯繫。

佐藤，七天六夜。（備註，想去日本居酒屋。）

佐藤朋友凱西、羅蓓卡，七天六夜。

李察和茱莉安娜，五天四夜。（備註，第三天晚上，要訂義大利餐廳。）

法蘭克和英格麗，六天五夜。

蜜雪兒和文森，四天三夜。（備註，想去放搖滾樂的酒吧。天，哪裡有啊？）

愛琳娜和文森，十天九夜。

阿生、老婆和兩個小孩，要加床，四天三夜。（備註，要去台灣餐廳。）

克莉絲蒂和文森，五天四夜。（備註，飯店要有浴缸。）

叫文森的男人，也太多吧?!還有這個克莉絲蒂，是Christy還是Kristy？怎會給我中文翻譯？太扯了，中文名字是什麼？

看到克莉絲蒂的名字，我小驚醒，然後忍不住笑，果然是壞習慣啊，都三年前的故事了，爲什麼念念不忘？或許是湯瑪斯每次提到那個名字的表情都太深刻，也因爲湯瑪斯生前曾經爲這個名字掉下眼淚。

前年農曆年，湯瑪斯開車到我台中老家說要拜訪我爸媽，好好的一條高速公路上，也會遇到黑道惡鬥，一顆莫名其妙的流彈打穿他的車窗、準確射穿他的胸口，據法醫說，他死亡的時間很快速，痛苦時間也很短，很幸運。

湯瑪斯，你很幸運呢……我不知該哭或笑。

之後，請求國家賠償或申告，是條像阿拉斯加一樣遙遠的路，不是每個案件都能像美國知名影集「CSI」，可以在短短一小時播放時間中找到兇手。

同槁木死灰般盯著公祭過程，湯瑪斯的母親已經哭成淚人，連我都認不得，竟把我推倒撞翻花籃，倒在地上手肘即刻滲出血，但也毫無疼痛感，湯瑪斯的父親過來扶我，說對不起，他的老花眼鏡裡一團霧氣，白髮人送黑髮人的辛酸，我不是不懂……我卻偏執地觀看著四周模糊的女人們，哪一個是克莉絲蒂？她看到新聞了嗎？她知道了嗎？她來了嗎？她會爲湯瑪斯哭泣嗎？應該會吧，應該吧，克莉絲蒂是什模樣？在湯瑪斯的筆記電腦裡，沒有一張照片清楚，好模糊，晃動著，只感覺是個嬌小、嘴唇紅豔微笑的女人……和街上每個嬌小女人都很相似。

如果，克莉絲蒂不知道湯瑪斯死了，如果，如果……我曾經以爲自己永遠不會原諒她。當然，這念頭很荒謬，我根本不知道湯瑪斯和克莉絲蒂的眞實故事啊，因爲拒絕聽，後來也來不及知道眞相了。

於是，在湯瑪斯過世後幾個月，只要聽到「克莉絲蒂」這名字，我病態得立刻豎起寒毛、氣喘不止，送了好幾次急診，都檢查不出病源，說是心理問題，最後我的心理醫生也束手無策，建議我搬離台北或去國外度假，小阿姨愛琳娜問我要不要搬去高雄住，她開了一個幼稚園缺人手，高雄啊？在高雄工作的大學社團學弟李陽一直跟我很好，他說：「算了吧！徐戀，妳這種台北女生，去上海吧，上海很像台北，我有個叔叔在上海做外銷玩具，公司很大喔，他們有本像廣告的雜誌需要主編，要不要去上海散心？」

上海，嗯，上海也有一堆叫克莉絲蒂的女人吧？

我是傻瓜，隨便網路搜尋，世界上將有多少克莉絲蒂啊?!

鈴木公司的老闆娘就叫克莉絲蒂，一個美日混血的65歲女人，臉圓圓的，胖胖的，一頭白髮，笑容可親，她最愛鈴木親手做的花壽司，總開心地看著鈴木，親暱地說：「哦，Good Boy……」

「克莉絲蒂，五天四夜。」

再看一眼傳眞內容，我想，今夜眞的太累了，精神錯亂，只是一個來上海看世博的女人，剛好叫克莉絲蒂，讓我又勾起往事。

週四夜晚，鈴木開心說：「徐戀，明天晚上妳要空下來喔。」

「什麼事？我搞不好要加班呢，最近忙昏了。」

班笑出來：「鈴木，別搞神秘了，在上海，大家都很忙……快說吧，我先說囉，我明天無法參加，我一早要去成都工作、周日回來，徐戀，生日快樂！」

班說著，張開雙手過來擁抱我，送給我一個包裝得很漂亮的生日禮物。

鈴木靦靦地：「我在永嘉路一個酒吧包了一個場地，幫妳慶生，妳一定要來。」

我抱著禮物，看著鈴木，其實非常感動，我最近忙到連自己生日都忘了，卻故意說：「不知道我老闆願不願意放行……」

「會的，妳老闆答應我了，他會來的，而且他說這段時間很辛苦妳，那些妳幫忙訂酒店的朋友也會來參加……」鈴木拿起一張名單，認眞念著：「有佐藤……凱西、羅蓓卡、李察、茱莉安娜、法蘭克、英格麗、蜜雪兒、文森、愛琳娜、克莉絲蒂……還有班的英國好友克里思、愛莉絲……」

班隨即開心地打開一瓶香檳，大喊：「Happy Birthday！」像小朋友一樣，故意把白花花的泡沫即刻撒在我和鈴木身上，我和鈴木閃躲都來不及。

我邊擦著臉上泡沫，笑盈盈地看著他們，眼角忍不住泛起淚光。

湯瑪斯。

嗯。

湯瑪斯。

前年夏天，湯瑪斯也曾經這樣爲我慶生過，我一回家，他捧出爲我親手做的巧克力蛋糕，打開香檳，露出左頰深深的酒窩，這樣溫柔地對我說：「Happy Birthday！」

去年夏天，我完全記不起我混沌的生日怎麼過的，一個月後，我就搬到上海。

想起這一切，我的淚水竟流不停。

班大叫：「徐戀怎麼哭了。」

鈴木拿出手帕靠過來幫我拭淚，擔心的問：「怎麼了？我做錯了嗎？」

我流著眼淚搖頭，緊緊摟住鈴木，又哭又笑：「我太高興了，我的眼淚是因爲太高興了，我好幸運能夠遇到你。」

鈴木不好意思地，不知道該說什麼話，只能摟緊我。

班吹了一聲口哨，放起一首我們都喜歡的西班牙抒情歌曲，我們一起轉頭看班，班揮揮手對我們露出調皮的笑容，比起手勢，意思要我們跳舞，我們兩個都害羞起來，互望一眼，鈴木摟緊我的腰，我把頭埋進他的肩頭，配合著溫柔的音樂節奏，輕輕移動起舞步。

我想，如果不是鈴木，我恐怕很難忘記湯瑪斯，雖換了一個環境，我或許還陷在湯瑪斯黑洞般的悲傷漩渦，如果不是鈴木……。

「Wait, Wait Moment……請等等。」

突然，班高亢的聲音打斷了我們，我和鈴木停下腳步，一起望住班，我看見班拿著我的手機一臉困擾，我就笑了，知道班不想讓電話打斷我和鈴木的美好時光吧，就幫我接起手機。

「不好意思，徐戀，我聽不懂他的中文……什麼純店旅行的？」班尷尬地。

呵，原來是春天旅行社那個帶有腔調的山東男人，我走過去，接過班的手機，說：「老王，怎麼了？」

「啊，徐小姐，妳的朋友葉小姐克莉絲蒂，我們安排酒店的人明天下午四點拿牌子去浦東機場接機，妳傳真給我們兩個名字，哪個是對的呀？是C・H・R・I・S・T・Y？還是K・R・I・S・T・Y？我想問，寫中文名字行不行？」

我聽著電話，一時，愣住，時光又倒轉回頭。

水瓶鯨魚漫畫後記

好久不見。

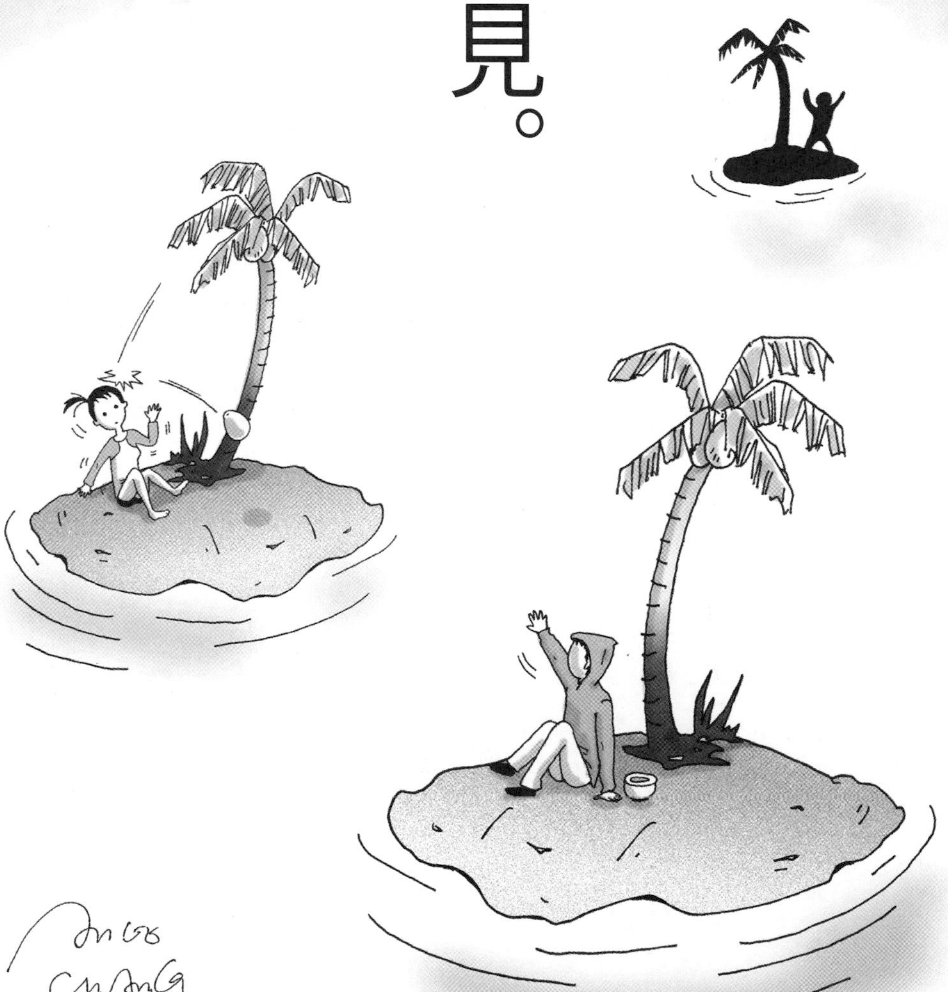

有一個研究，叫做——

中文翻譯是：六度空間定律。
學術名詞，都好嚴肅，
我的直接感嘆詞是：
世界很小，台北很小。

嘿，巴黎也很小，

喔，紐約更小。
你和一個陌生人的距離，
親愛的，我，相信。
1989年，
我在飛碟唱片工作，
和同事參加侯孝賢《悲情城市》
首映會，在九份山上偏僻地方。
下車後，一路蜿蜒爬山，
沒想到，不斷有朋友跟我說：
好久不見！
同事開起玩笑：
我猜，有天妳漂流到荒島，
如果遇到海中漂流過來的人，
他可能一上岸看到妳，
也會說：「好久不見。」

・飛碟唱片（後來被華納唱片收購）

那時候，年輕的我，
哈哈大笑，
怎麼可能呢？
結果，10分鐘後，
山坡下又爬上一個人——
嗨，好久不見哩！
好久不見……
哈哈哈
總之，
「好久不見」
這句話，像魔咒一樣，
多年後，並未改色。
之後，
我在東京、倫敦、紐約、
巴黎、羅馬、冰島、
北極、火星……
遇到說「好久不見」的人，
一點都不感意外。
喂！什麼北極和火星?!
抱歉——扯得太遠了。
幾年後，去日本自助旅行。
和旅行好友在車站看DM，
臨時決定去一個位在伊豆半島
海邊有露天溫泉的旅館——
竟然，在旅館一樓俱樂部牆上
看到某朋友M的照片。
以前就聽過M說，她高中畢業
曾組樂團到日本表演過，
更興奮的是在旅館遇到M
當年樂團的團員X小姐，
照片上也有X小姐。
樂團解散後，
X小姐就留在飯店工作。
妳們，除了這裡，還去過日本哪些地方表演？
都沒有，我們就只在這裡表演過……
哇哇哇！不會吧？
又隔兩年，
我和同事們去歐洲旅遊，
這時，我在魔岩唱片工作。
在龐畢度廣場遇到一群年輕人
他們在地面上畫了一個台灣，
我好奇地和其中一個男生
攀談起來，聊著聊著……
哇！你變胖了！
怎麼會是妳?!
天啊！他是我高中學長。
畢業後在台北某餐廳當廚師，
我完全不知道，
他跑到巴黎念美術學院。
我們足足有十年沒見過面了。

至於，發生在紐約的奇事，
是過了一年的秋天，
我從魔岩調回滾石唱片。
因為陪任賢齊去洛杉磯錄音，
趁機去紐約度假。
忘了〈心太軟〉這首歌，
是不是這一次出差錄製的。
住在蘇活的女生好友L
說我可以住她家，
我們討論了幾個月……
結果，我竟在旅行前一個月，
和剛認識的H談起戀愛，
超級尷尬——
H，是L十年前的男友。
奇事，還沒結束——
深秋，當我從紐約回台北，
和室友聊起紐約蘇活……
夏天，室友和男友才去紐約
度假，也住蘇活，
住男友表妹的租屋。
我和室友胡亂閒聊，
越講越熟悉、也越感奇妙……
不會吧?!
最後查證，我和室友借居紐約
蘇活的房子，是同一間。
原來，室友男友的表妹是L的
室友；秋天，她剛好回台北。
紐約，會不會太小？
……很多「點點點」。
紐約之小，超過我想像，
一趟旅程發生的巧事，
一百頁篇幅，都講不完。
可是啊，
這卻促成了
我寫這本小說的起源，
從2000年寫第一篇
〈名叫克莉絲蒂的女人〉，
並開始對英文名字，
敏感起來。
知道嗎？克莉絲蒂離婚了呢！
Christy？
Kristy？
George出櫃了，我早就懷疑他是同志…
哪個喬治？
喬治男孩？還是喬治麥可？
Angelina最愛搶好友的男友，我認識每個叫Angelina都很賤！
咦，安潔莉娜和珍妮佛是好友嗎？

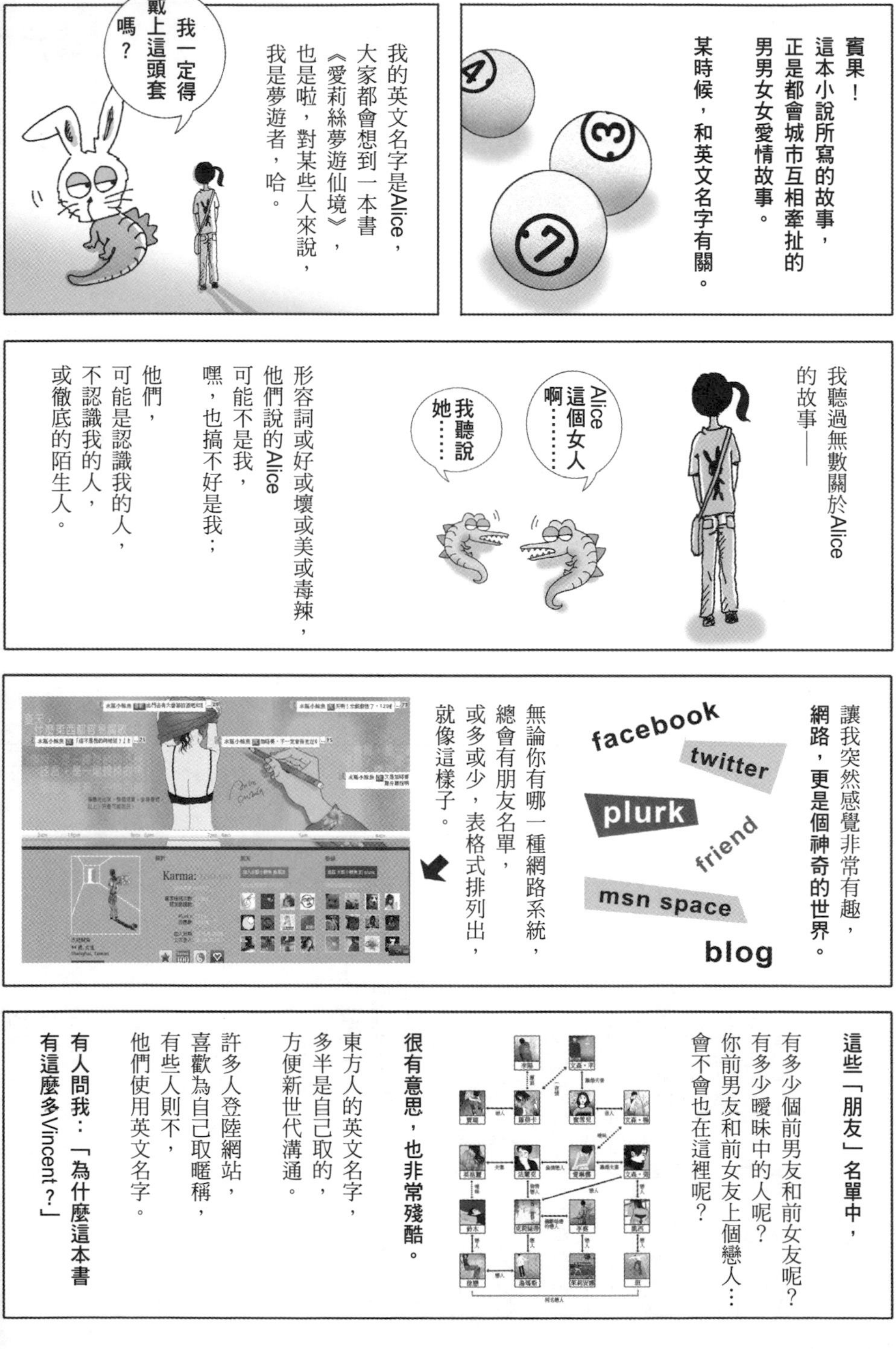
賓果！
這本小說所寫的故事，
正是都會城市互相牽扯的
男男女女愛情故事。
某時候，和英文名字有關。
我的英文名字是Alice，
大家都會想到一本書
《愛莉絲夢遊仙境》，
也是啦，對某些人來說，
我是夢遊者，哈。
我一定得戴上這頭套嗎？
我聽過無數關於Alice的故事——
Alice這個女人啊………
我聽說她……
形容詞或好或壞或美或毒辣，
他們說的Alice
可能不是我，
嘿，也搞不好是我；
他們，
可能是認識我的人，
不認識我的人，
或徹底的陌生人。
讓我突然感覺非常有趣，
網路，更是個神奇的世界。
facebook
twitter
plurk
friend
msn space
blog
無論你有哪一種網路系統，
總會有朋友名單，
或多或少，表格式排列出，
就像這樣子。
Karma:
這些「朋友」名單中，
有多少個前男友和前女友呢？
有多少曖昧中的人呢？
你前男友和前女友上個戀人……
會不會也在這裡呢？
很有意思，也非常殘酷。
東方人的英文名字，
多半是自己取的，
方便新世代溝通。
許多人登陸網站，
喜歡為自己取暱稱，
有些人則不，
他們使用英文名字。
有人問我：「為什麼這本書
有這麼多Vincent？」

1996年，我出版的第一本漫畫書《我愛你》，我曾經讓全部男主角的名字都叫Vincent。

這是2004年再版版本。

為什麼？

嘿嘿嘿，我在那本漫畫書的後記，回答過這問題了喔。

沒想到十四年後，我認識的Vincent，恐怕超過一百個，而五分之四的文森，我根本沒見過。

然後，我開始計算，我身邊有多少——

並且想像，他們和她們，有沒有什麼交錯的關係呢？

如同，Facebook名單。

所以，我真的相信這理論——

Six Degrees of Separation.

你和一個陌生人的距離，只有六個人；通過六個陌生人，你一定會遇到熟人。

只是啊，**親愛的，幾分「熟」？**

我可不敢確定喔。

倒是，年紀漸長，我的記憶力越差，腦中硬碟空間越來越少。

我不會記人的能力，近些年，早成朋友圈笑柄；有時不小心得罪了朋友，使我很苦惱。

因此，萬一有一天，你漂流到我的島上……

我極可能會一時愣住，也請別怪我眼神充滿疑惑。

因為，我可能正在搜尋，你是哪一個Vincent……

水瓶鯨魚@Shanghai 2010/Summer

水瓶鯨魚的愛情小說，
自有一種不同的感傷漫漫。

原來，我那麼喜歡你。

定價280元

愛情，都是這樣吧？
我們總在不斷的反覆行為中，
演練：放棄、掙扎和眷戀。

我們想放棄的，是對方還是自己？
我們所眷戀的，是對方還是自己？

我們經常掙扎的，是什麼？
是那個愛戀著某個人的自己吧。

如此真實、純粹、愚蠢、幼稚、天真。
因為，未來，我很可能，再也不會這麼純粹了。

水瓶鯨魚的愛情漫畫，
自有一種不同的心情飄蕩。

單身的人總是在路上

定價280元

沒有人希望，
自己站在愛情的大街像條流浪狗。
這世上充滿好男人和好女人，
只是當那個人從我身旁擦肩而過，
沒有人提醒我。

水瓶鯨魚
大田出版作品

水瓶鯨魚的愛情雜文，
自有一種不同的風味呈現。

去愛吧，就像不曾受過傷害一樣。

定價280元

世界上最心酸的，
不是，我不再談戀愛，
而是喪失義無反顧的力氣去愛。

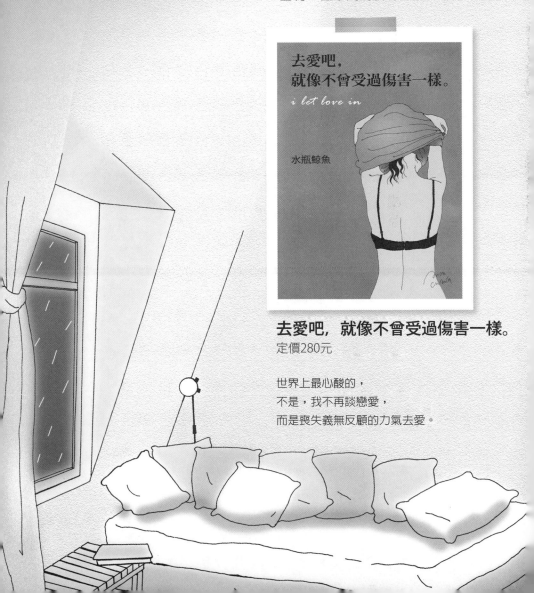

國家圖書館出版品預行編目資料

我的感情名單／水瓶鯨魚圖文.——初版——臺北市
：大田，民99
面；公分.——（美麗田；120）

ISBN 978-957-455-993-0（平裝）

857.7 99011424

美麗田 120

我的感情名單

水瓶鯨魚◎圖文

圖文經紀：出色創意 有限公司 PumpkinCreative.com

出版者：大田出版有限公司
台北市106羅斯福路二段95號4樓之3
E-mail:titan3@ms22.hinet.net
http://www.titan3.com.tw
編輯部專線（02）23696315
傳眞（02）23691275
【如果您對本書或本出版公司有任何意見，歡迎來電】
行政院新聞局版台業字第397號
法律顧問：甘龍強律師

總編輯：莊培園
主編：蔡鳳儀　編輯：蔡曉玲
企劃行銷：蔡雨蓁　網路行銷：陳詩韻
美術設計：陳品方
校對：陳佩伶／蘇淑惠／水瓶鯨魚
承製：知己圖書股份有限公司·(04)23581803
初版：2010年（民99）八月三十日
定價：新台幣260元

總經銷：知己圖書股份有限公司
（台北公司）台北市106羅斯福路二段95號4樓之3
電話：(02)23672044·23672047·傳眞：(02)23635741
郵政劃撥：15060393
（台中公司）台中市407工業30路1號
電話：(04)23595819·傳眞：(04)23595493

國際書碼：ISBN 978-957-455-993-0 /CIP: 857.7 / 99011424

Printed in Taiwan

廣　告　回　郵
北區郵政管理局登記證北台字1764號
免　貼　郵　票

To：大田出版有限公司　編輯部收

地址：台北市106羅斯福路二段95號4樓之3
電話：(02) 23696315-6　傳真：(02) 23691275
E-mail：titan3@ms22.hinet.net

From：地址：……………………

姓名：……………………

＊請沿虛線剪下，對摺裝訂寄回，謝謝！

大田精美小禮物等著你！

只要在回函卡背面留下正確的姓名、E-mail和聯絡地址，
並寄回大田出版社，
你有機會得到大田精美的小禮物！
得獎名單每雙月10日，
將公布於大田出版「編輯病」部落格，
請密切注意！

大田編輯病部落格：http://titan3.pixnet.net/blog/

智　慧　與　美　麗　的　許　諾　之　地

＊請沿虛線剪下，對摺裝訂寄回，謝謝！

閱讀是享樂的原貌，閱讀是隨時隨地可以展開的精神冒險。

因為你發現了這本書，所以你閱讀了。我們相信你，肯定有許多想法、感受！

讀 者 回 函

你可能是各種年齡、各種職業、各種學校、各種收入的代表，
這些社會身分雖然不重要，但是，我們希望在下一本書中也能找到你。

名字／＿＿＿＿＿＿＿ **性別**／□女 □男　**出生／**＿＿年＿＿月＿＿日

教育程度／＿＿＿＿＿＿＿＿

職業：□ 學生　□ 教師　□ 內勤職員　□ 家庭主婦
□ SOHO族　□ 企業主管　□ 服務業　□ 製造業
□ 醫藥護理　□ 軍警　□ 資訊業　□ 銷售業務
□ 其他＿＿＿＿＿＿

E-mail/＿＿＿＿＿＿＿＿＿＿＿＿ 電話/＿＿＿＿＿＿＿＿

聯絡地址:＿＿＿＿＿＿＿＿＿＿＿＿＿＿＿＿＿＿

你如何發現這本書的？　**書名：我的感情名單**

□書店閒逛時＿＿＿＿書店 □不小心在網路書站看到（哪一家網路書店？）＿＿＿＿
□朋友的男朋友（女朋友）灑狗血推薦 □大田電子報或網站
□部落格版主推薦＿＿＿＿＿＿＿＿＿＿＿＿＿＿
□其他各種可能，是編輯沒想到的＿＿＿＿＿＿＿＿＿＿

你或許常常愛上新的咖啡廣告、新的偶像明星、新的衣服、新的香水……
但是，你怎麼愛上一本新書的？

□我覺得還滿便宜的啦！ □我被內容感動 □我對本書作者的作品有蒐集癖
□我最喜歡有贈品的書 □老實講「貴出版社」的整體包裝還滿合我意的 □以上皆非
□可能還有其他說法，請告訴我們你的說法

＿＿＿＿＿＿＿＿＿＿＿＿＿＿＿＿＿＿＿＿＿＿＿＿＿＿

你一定有不同凡響的閱讀嗜好，請告訴我們：

□ 哲學　□ 心理學　□ 宗教　□ 自然生態　□ 流行趨勢　□ 醫療保健
□ 財經企管　□ 史地　□ 傳記　□ 文學　□ 散文　□ 原住民
□ 小說　□ 親子叢書　□ 休閒旅遊　□ 其他＿＿＿＿＿＿＿＿

請說出對本書的其他意見：

大田出版有限公司編輯部 感謝您！